HEYNE BÜCHER

Fantasy

Herausgegeben von Friedel Wahren

Michael Siefener

NONNEN

Roman

Originalausgabe

WILHELM HEYNE VERLAG
MÜNCHEN

HEYNE SCIENCE FICTION & FANTASY
06/9079

Umwelthinweis:
Dieses Buch wurde auf chlor- und
säurefreiem Papier gedruckt.

Originalausgabe 4/2000
Redaktion: Friedel Wahren

http://www.heyne.de
Printed in Germany 2000
Umschlagbild: Arndt Drechsler
Umschlaggestaltung: Nele Schütz Design, München
Technische Betreuung: M. Spinola
Satz: Schaber Satz- und Datentechnik, Wels
Druck und Bindung: Elsnerdruck, Berlin

ISBN 3-453-16240-4

INHALT

NONNEN

Seite 7

DIE FARBEN DER NACHT

Ein Bilderbogen

Seite 143

NONNEN

Benno Durst saß im Büro über seinen Akten und wünschte sich weit, weit fort. Was er da bearbeitete, interessierte ihn nicht. Es ging um entlaufene Hunde, eingeschlagene Fensterscheiben, rutschige Bürgersteige, brüchige Treppen und dergleichen mehr. Schäden über Schäden, und alle wollten ersetzt werden. Anstatt sich vorsichtig durchs Leben zu bewegen, wie er selbst es tat, schien jeder andere nur sich allein zu sehen und zu schätzen, blind für anderes und andere herumzulaufen und sich gehörig zu wundern, wenn ein Unglück geschah. Um dessen Folgen zumindest finanziell zu beheben, war Benno da. Er arbeitete in der Schadensabteilung einer großen Versicherung in Köln. Es war nicht der Beruf, den er sich gewünscht hatte, aber als er zum zweiten Mal durch das juristische Staatsexamen gefallen war, hatte sich für ihn keine andere Chance ergeben. Er war froh, überhaupt eine Stelle gefunden zu haben.

Kaum jemand in der Abteilung mochte ihn, da war er sich sicher. Nur Herr Bandmann, mit dem er das Büro teilte, fragte manchmal nach Bennos Befinden, und in gewisser Hinsicht schien er Benno sogar zu bewundern. Dies kam, weil Benno Geschichten schrieb und Herr Bandmann sie gern las und von ihrer Güte überzeugt war. Die Geschichten waren düster und melancholisch, unheimlich und beängstigend. Herr Bandmann mochte phantastische Literatur. Da war er beinahe eine Ausnahmeerscheinung. Er sagte oft zu Benno, daß er finde, die Phantastik werde zu Unrecht als trivial beschimpft, denn schließlich sei sie die Literaturgattung mit dem größten philosophischen Potential. Benno hörte dies gern, doch im Grunde war es ihm einerlei, was die anderen über sein Hobby sagten. Er schrieb nicht, um anerkannt zu werden. Er schrieb, um die Bilder, Visionen und Gefühle auszudrücken, die sich in ihm anstauten. Wenn er an einer neuen Geschichte arbeitete, war ihm sein äußerliches Leben gleichgültig. Es bereitete ihm dann jedesmal Mühe, sich auf seine Tätigkeit im Büro zu konzentrieren; die Gefahr, daß er sich in seinen Geschichten verlöre, war groß.

Er hatte nichts anderes, war nicht verheiratet, seine Eltern waren tot, er besaß keine Freunde, nur wenige Bekannte aus fernen Schultagen, die er manchmal traf, doch lebten sie nicht allein, und er kam sich in ihrer Gesellschaft überflüssig vor. Auch glaubte er, daß sie ihn als Versager betrachteten. Sein Gehalt erlaubte ihm nur eine kleine Wohnung, einen kleinen Wagen, ein kleines Leben. Da nutzte er die Geschichten, um sein Leben groß zu machen. Eigentlich schrieb er sie nur für sich selbst. Doch zufällig hatte Herr Bandmann eines Tages ein Manuskript von ihm gesehen, das Benno unachtsam auf seinem Schreibtisch hatte liegen lassen, als er in das Büro des Chefs gerufen worden war, und bei seiner Rückkehr fand er seinen Kollegen schmökernd vor. Er entriß dem verdutzten Herrn Bandmann die Blätter und verschloß sie in einer Schublade.

»Nun bin ich aber neugierig geworden, Herr Durst«, sagte Herr Bandmann. »Sie schreiben in Ihrer Freizeit Geschichten? Und offenbar nicht nur in Ihrer

Freizeit. Aber keine Angst, ich werd's nicht weitererzählen. Nicht, wenn Sie mir einmal erlauben, eine Geschichte von Ihnen ganz zu lesen. Was ich eben überflogen habe, hat mir sehr gut gefallen.«

Was blieb Benno da anderes übrig, als dem Wunsch des Herrn Bandmann zu entsprechen. Anderntags brachte er ihm eine alte Erzählung über ein unheimliches Bild mit, Ausdruck der Visionen eines Malers, die jener nicht einmal mit Drogen bannen konnte. Ein Bild als Fenster zu einer Welt, in die Benno sich gern geflüchtet hätte, und sei sie noch so schrecklich. Sie war allemal besser als das, was die Leute Realität nennen. Manchmal hatte Benno Angst davor, daß er in ihr ersticken könnte. Er war süchtig danach, in Geschichten zu leben.

Herr Bandmann nahm die Erzählung mit nach Hause, Benno hatte die Angewohnheit, alles mit der Hand zu schreiben, es dann aber sauber abzutippen, für wen, wußte er nicht, vielleicht nur als Fixierung, als Entäußerung, ein Weg der Geschichte in das Leben, und am folgenden Tag kam sein Kollege begeistert ins Büro. Benno, der immer sehr früh mit der Arbeit begann, schaute pikiert auf, als Herr Bandmann ihm auf den Rücken klopfte und sagte: »Alle Achtung, mein Lieber! Ich habe mich wirklich gegruselt.«

Da wußte Benno, daß es falsch gewesen war, die Geschichte herauszugeben. Niemand außer ihm selbst konnte die richtigen Gefühle während des Lesens haben. Es war eine Entweihung. Herr Bandmann fuhr fort: »Mir sind wahre Schauer über den Rücken gelaufen. Aber mal im Ernst: Sie können schreiben. Sehr gut sogar. Sie brauchen sich nicht hinter den berühmten Autoren zu verstecken.«

Das wollte Benno auch gar nicht. Er hatte nichts mit ihnen gemein. Jene schrieben, um reich zu werden und zu bleiben, und Benno schrieb, um das, was in ihm war, zu fassen und zu bannen.

Herr Bandmann sagte: »Haben Sie schon einmal versucht, einen Verlag für Ihre Geschichten zu finden?«

»Nein«, antwortete Benno wie beiläufig, »es sind zum einen noch nicht viele, und zum anderen glaube ich kaum, daß es dafür einen Markt gibt. Ich kann mir nicht vorstellen, daß sich noch jemand anderes außer mir dafür interessieren sollte.«

»Nun, ich tue es doch«, ermunterte ihn Herr Bandmann.

»Da sind wir schon zwei«, erwiderte Benno sarkastisch, machte dann jedoch einen Rückzieher. »Verzeihen Sie mir, ich wollte Sie nicht beleidigen. Ich zweifle nicht an Ihrem Geschmack, aber meine Geschichtchen sind einfach zu altmodisch für unsere Zeit. Ich muß mich hinter King und den anderen verstecken. Was sie schreiben, trifft den Nerv der Zeit, nicht das, was ich schreibe. Das trifft nur einen Nerv in mir.«

»Ich verstehe Sie nicht«, sagte Herr Bandmann. »Weshalb schreiben Sie dann, wenn Sie nicht berühmt werden wollen? Wollen nicht etwa alle Schriftsteller berühmt werden?«

Es hatte keinen Sinn. Benno sagte: »Ich schreibe nur für mich. Betrachten Sie es als mein Hobby.«

»Darf ich dann und wann an diesem Hobby teilhaben?« bettelte Herr Bandmann.

Benno überlegte, ob er diese Bitte erfüllen sollte. Sein Kollege verstand nicht, wovon die Geschichten handelten. Sie *gruselten* ihn! Aber er wollte ihn nicht ungnädig stimmen, schließlich sah er ihn täglich, und da konnte einer dem anderen das Leben zur Hölle machen. So gab er ihm am nächsten Tag alles, was er bereits geschrieben hatte, in der Hoffnung, nun Herrn Bandmann für lange Zeit beschäftigt und ruhig zu sehen. Und so war es. Herr Bandmann gab Zwischenberichte seiner Begeisterung und fühlte sich offenbar geschmeichelt, von Benno ein so großes Vertrauen erwiesen zu bekommen. Doch Benno hörte meist nicht darauf, was sein Kollege sagte. Er war mit einer neuen Geschichte befaßt, einer Geschichte, die es ihm wie kaum eine andere zu erlauben schien, in sie hinabzutauchen und das Leben der Hauptperson zu leben. Die Idee dazu war ihm auf dem Friedhof Melaten gekommen. Er schlenderte gern über diesen alten Friedhof. Hier fand er Ruhe, und die unzähligen Grabstätten gaben ihm die Zuversicht, daß auch seine Ängste nicht ewig währten. Er betrachtete die Grabinschriften mit der Liebe eines Trauernden, der die Toten versteht und bewundert.

Viele weiße Bänke luden zum Verweilen ein, und es geschah oft, daß Benno in den Sommermonaten nach Dienstschluß mit einem Buch hierherkam – er wohnte nicht weit entfernt – und blieb, bis die Glocke zum Verlassen rief. Ja, hier würde ein Teil der Handlung spielen, es gab keinen besseren Ort, keinen Ort, den Benno besser kannte. Er fragte sich, weshalb er ihn nicht schon früher benutzt hatte. Doch er hatte die beiden Grabsteine, so weit voneinander entfernt und doch auf eine geheime Weise scheinbar miteinander verbunden, erst vor wenigen Tagen durch Zufall entdeckt; er hatte sich verlaufen, und als er abends vor dem Fernseher saß und sich von einem Krimi fesseln zu lassen versuchte, wuchs eine Idee in ihm.

Lange war er sich nicht sicher, ob diese Idee eine

Geschichte tragen konnte, doch je mehr er darüber nachdachte, desto sicherer wurde er. Ja, es war soweit. Eine neue Erzählung. Er freute sich wie ein Kind, und in den Gedanken darüber machte er sich von der Welt los.

Nun galt es, den Ort und die Personen der Rahmenhandlung zurechtzulegen. Benno stellte sich eine Gesprächssituation vor. War das möglich? Schon zu oft hatte er ähnliches gelesen. Einige Leute sitzen zusammen, unterhalten sich – und da gab es schon die erste Schwierigkeit. Worüber unterhalten sie sich? Er saß fast nie ›in froher Runde‹ mit anderen, und er haßte diese oberflächlichen Gespräche, bei denen es nur darauf ankam, den Mund zu bewegen und unsinnige Töne von sich zu geben. Das wäre also die erste Schwierigkeit. Und wo trafen sie sich? Oder sollte er auf eine solche Rahmenhandlung verzichten? Aber er mochte derartige Situationen, er las sie gern, und nur auf ihn kam es an. Sie dienten zur Einstimmung, zum langsamen Übergang vom Trubel der Welt – *Welchen Trubel hält deine Welt schon bereit?* zischte eine gemeine Stimme in ihm – zu der Ruhe der Erzählung. Und eine Erzählung mußte für ihn ruhig sein, denn nur dann konnte er in ihr atmen. Er entschied sich, das Gespräch in einer Kneipe stattfinden zu lassen. Er wollte eine existierende Kneipe nehmen, doch er kannte keine. Da erinnerte er sich daran, daß er jedesmal, wenn er zu einem bestimmten Antiquariat in der Innenstadt ging, an einer Wirtschaft mit dem seltsamen Namen *Bieresel* vorbeikam. *Kölns ältestes Muschelrestaurant,* stand auf einer Tafel. Hoffentlich waren die Muscheln nicht genauso alt. Natürlich würde er für seine Recherchen diese Kneipe nicht betreten, er konnte sich keinen einsameren Ort als eine menschenvolle Wirtschaft vorstellen, aber es würde ihm erlauben, die Handlung zu lokalisieren. Er brauchte das Interieur ja nicht zu beschreiben. Und er würde die Ich-Perspektive nehmen, sie schätzte er am meisten, denn dann konnte er sich während des Schreibens mit dem Handelnden identifizieren.

Am Abend setzte er sich hin und begann.

Wie an jedem Freitagabend saßen wir im *Bieresel* zusammen, tranken und kamen uns witzig und intellektuell vor. Wer sollte uns schließlich bestätigen, daß wir tolle Kerle waren, wenn nicht wir selbst! Irgendwann nach vielen Runden und tiefsinnigen Diskussionen über die Moral in der Kunst, das Dilemma der Politik, die Spezialeffekte des neuesten Horrorfilms und die Brüste der Kellnerin, schlug Alex vor, jeder von uns solle einmal eine Geschichte erzählen, ganz altmodisch, über etwas, das er nicht verstanden hatte.

»Oh, da gibt es viel zu erzählen«, warf Justus ein, »die Nacht wird nicht reichen.«

»Nein, nein, du verstehst mich wieder falsch«, sagte Alex und sog heftig an seiner Pfeife, von der er sich erhoffte, daß sie ihm Würde verlieh. Doch er sah mit seinem glattrasierten Gesicht, den hellblauen Augen und dem wuscheligen Haarschopf nur wie jemand aus, der einen Erwachsenen nachahmt. »Ich meine damit, daß wir alle sicherlich schon einmal etwas erlebt haben, das mit rationalen Argumenten nicht mehr zu erklären ist.«

Ein Aufstöhnen ging durch die Runde.

»Gespenstergeschichten …«, seufzte Justus.

»Tu uns das nicht an. Wir leben nicht mehr im achtzehnten Jahrhundert, sind nicht Shelley, Byron und Mary Godwin«, fügte Günter hinzu, der gern Schriftsteller zitiert und sich dabei einbildet, zu ihnen zu gehören.

»Von Polidori ganz zu schweigen«, setzte ich nach, denn auch ich wollte meine Bildung glänzen lassen. »Aber die Zusammenkunft in der Villa Diodati fand im frühen neunzehnten Jahrhundert statt, exakt im Jahre des Heils 1816.«

»Wen interessiert's?« versetzte Alex. »Außerdem ging es damals nicht um erlebte, sondern um ersonnene Geschichten. Nein, ich möchte, daß jeder von uns ein eigenes unheimliches Erlebnis zum besten gibt.«

»Welch originelle Idee«, spöttelte Justus, »man kann sie nur mit einer weiteren Runde ertragen. – Püppchen!«

Die Kellnerin, die nach dieser Anrede ihren hübschen Mund verzog, brachte noch einmal fünf Bier.

Alex ließ sich aber nicht entmutigen und begann seine Geschichte zu erzählen. Zuerst dachte ich, daß er tatsächlich etwas auf dem Herzen habe und uns eine bestimmte Begebenheit berichten wolle, die sein Gemüt erregt hatte. Doch er wollte nichts als glänzen. Seine Erzählung über einen einsamen nächtlichen Waldspaziergang, bei dem Geräusche zu ihm drangen, die er nicht identifizieren konnte, war ausgesprochen langweilig. Es wurde nicht einmal interessant, als er schilderte, wie die Geräusche plötzlich auf ihn zu eilten und ihn durch den halben, ach, so dunklen und unheimlichen Wald jagten. Die Reaktionen auf sein Garn waren entsprechend amüsiert.

Doch während er fabulierte, hatte sich offenbar jeder von uns eine eigene Geschichte überlegt, denn nun war niemand mehr abgeneigt, den Reigen fortzuführen und den Vorredner zu übertreffen. Justus berichtete von einer Vorahnung, die tatsächlich eingetreten war. Günter hatte gar eine kleine Horrorgeschichte von schleimigen Wesen in der U-Bahn ersonnen, die mir sehr bekannt vorkam; wir hatten offensichtlich kurz zuvor die gleiche Erzählung gelesen. Dies brachte mich in Schwierigkeiten, da ich mir eben diese Erzählung als Basis ausgesucht hatte. Statt dessen gab ich eine Novelle, an der ich gerade arbeitete, in groben Zügen zum besten, änderte die Orte und Namen der Personen und bildete mir ein, damit den spannendsten Beitrag des Abends geleistet zu haben. Wir gefielen uns, und daß alles nur Erfindung war, wollten wir nicht wahrhaben. Ich sonnte mich in dem Beifall, den ich erhielt.

Aber da war noch Jo. Er hatte beinahe die ganze Zeit still und wie verloren zwischen uns gesessen, und als wir ihn baten, unsere Runde zu vervollständigen, wehrte er ab: »Ich kann nichts erzählen. Ihr wißt, daß ich mir eine solche Geschichte nicht ausdenken kann, und ich habe wirklich nichts erlebt, was erwähnenswert wäre.«

»Und was ist mit dem, das nicht erwähnenswert ist?« bohrte Alex.

»Nein, nein«, sagte Jo leise. »Ich habe meine Bilder und Statuen und Monumente und Fresken, und wenn sie auch manchmal Seltsames darstellen, so sind sie doch für mich noch nie lebendig geworden.«

Hier muß ich einflechten, daß Jo Restaurator ist. Er ist ein schweigsamer, schmächtiger Mann, der in unserer Runde immer eigenartig deplaziert wirkt. Während wir anderen unsere künstlerischen Ambitionen nach außen verdeutlichen, indem wir uns nicht kämmen, selten waschen, nicht rasieren und nachlässig kleiden, erscheint er zu unseren Treffen jeweils sorgsam gepflegt. Als ich ihn einmal fragte, weshalb er so großen Wert auf seine Erscheinung lege, sagte er: »Es reicht, wenn ich den ganzen Tag über mit Farbe, Mörtel und Staub bedeckt bin. Ich versuche, mich dagegen zu wehren, daß die Kunstwerke mich mit ihren Absonderungen fressen.«

Ich hätte schwören mögen, daß es in seinem sorgsam gehüteten Privatleben etliche erwähnenswerte Erlebnisse der verwirrenden Art gab, doch Jo widersetzte sich allen Aufforderungen, darüber zu sprechen.

»Du bist ein Spielverderber«, sagte Justus schließlich. »Ich weiß auch nicht, weshalb wir dich noch in unserer Mitte dulden.«

»Ich gehe gern, wenn ihr es wünscht«, erwiderte Jo, doch seine Augen sprachen das Gegenteil aus.

»Es war nicht so gemeint«, verteidigte sich Justus. »Aber dir muß man immer die Würmer aus der Nase ziehen. Zier dich doch nicht so!«

»Es tut mir leid, ich wollte nicht den Abend stören, aber ich weiß wirklich nichts. Ich bin kein Geschichtenerzähler.«

»Gibt es da nicht eine winzige Kleinigkeit in deinem Leben?« fragte Günter.

»Nein, nicht in meinem Leben«, antwortete Jo.

Ich hakte nach: »In wessen Leben denn?«

»Püppchen! Noch eine Runde!« rief Justus dazwischen. Jo schwieg.

Als das Bier vor uns stand, sagte ich: »Also, Jo, in welchem Leben gibt es etwas Berichtenswertes von der Art, die uns heute interessiert?«

»Ach, es ist nichts weiter«, wich er aus. »Ich weiß auch nicht, wie ich das alles verstehen soll.«

»Vielleicht verstehst du es, wenn du es uns erzählst«, sagte Alex.

Jo schaute uns nacheinander an. Seine traurigen

Augen sahen tief in uns hinein. »Ja, es gibt wirklich etwas, das ich nicht verstehe. Aber im Gegensatz zu euren Geschichten hat es sich wirklich ereignet.«

»Ein Grund mehr, es hier und jetzt mitzuteilen«, sagte Günter. »Werde ein zweiter Gustav Meyrink!«

Und er wurde zu einem Erzähler. Er führte uns in immer tiefere Schichten von Begebenheiten, die unbedingt aufgeschrieben werden müssen. Es war eine Initiation, die wir an jenem Abend erlebten, und seitdem hat sich etwas verändert. Jo nahm einen tiefen Schluck aus dem Glas und begann.

Er hatte die Einleitung in einem Zug geschrieben, ohne den Kugelschreiber abzusetzen. Er wußte nicht, ob sie gut war. Als er sie durchlas, fiel ihm auf, daß er es kaum vermocht hatte, sie originell zu gestalten. Aber was, zum Teufel, redeten die Leute, und wie konnte das Gespräch auf eine seltsame Geschichte kommen? Er wußte es nicht, und er verfluchte seine kümmerliche Weltkenntnis. Doch schließlich kam es auf die Einleitung nicht an. Etwas anderes wäre es, wenn er beabsichtigen sollte, die Geschichte zu verkaufen. Dann würde ihm jeder Lektor diese Stereotype ankreiden. Für ihn hingegen genügte es.

Noch schwieriger war es, stimmige Charaktere zu entwerfen. Er kam sich wie ein Architekt am Reißbrett vor, denn er kannte zu wenige Leute, um sie oder eine Mischung aus ihnen zu beschreiben. So machten es, wie er einmal gelesen hatte, die großen Schriftsteller. Doch Benno strebte nicht nach dem Nobelpreis, den bekam man sowieso nur, wenn man einer Minderheit angehörte, verfolgt wurde und ins gerade vorherrschende politische Bild paßte. Mit Literatur hatte das ganze Spektakel schon lange nichts mehr zu tun. Doch auch früher war es wohl nicht viel anders gewesen. Wer am lautesten schrie, hatte die besten Chancen. Joyce, Kafka, Arno Schmidt: Niemand von den Großen hatte eine wirkliche Chance bekommen. Auch Schmidt hatte seine Protagonisten anhand von Versandhauskatalogen ausgestattet. Benno brauchte sich nicht zu schämen, es kam nur darauf an, was man sagen wollte. Wollte er mit seinen Erzählungen überhaupt etwas sagen? Nicht den anderen, nur sich selbst. Er lächelte. Wollte er etwa sich selbst etwas sagen, was er noch nicht wußte? Nein, es war ganz anders. Was er erschuf, war ein verwunschener Garten, in dem nur er umherwandeln durfte. Daß auch sein Kollege nun den Versuch machte, dieselben Gefilde zu besuchen, ärgerte Benno. Hätte er diesem Ignoranten doch bloß nie etwas von sich zum Lesen gegeben! Von der Melaten-Geschichte jedenfalls würde er niemandem erzählen, und er schwor sich, sie nicht mit in sein Büro zu nehmen.

Das Wochenende war da, Benno atmete auf. Er war mit seiner Geschichte nicht weitergekommen, und er wollte sich zuerst Klarheit über das Ende verschaffen, bevor er in konkrete Recherchen eintauchte. An den vergangenen Abenden hatte er mehrere Möglichkeiten erwogen, aber wieder verworfen, doch nun lag die Handlung klar wie ein Oktobermorgen vor ihm.

Am Samstag ging Benno früh nach Melaten. Vor langer Zeit hatte er sich ein Buch über diesen faszinierenden Friedhof gekauft, er nahm es mit, um Anmerkungen zu machen, wenn eine Abbildung darin von der Realität abweichen sollte. Er trug den Weg, den er von dem kleinen Seitenportal an der Weinsbergstraße nahm, detailverliebt in ein winziges Notizbuch ein, die Bäume, die Gräber, die Namen der Statuen. Er war sicher, daß er vieles davon nicht brauchte, doch es machte ihm Spaß, vollständig in seiner Arbeit aufzugehen. Je mehr Informationen er sammelte, desto dichter wurde das Bild in seinem Kopf. Ob er es in gleicher Genauigkeit zu Papier bringen würde, war zweitrangig.

Er ging zu dem tief im Friedhof verborgenen Sensenmann, einer höchst eindrücklichen Grabskulptur in der Gestalt eines Skelettes, das von einem wallenden Steinmantel umhüllt war, und notierte ihren Zustand, ihre Umgebung und entdeckte nun zum ersten Mal, daß an seinem Fuß etliche Plastik- und Keramikfrösche aufgestellt waren. Neben der Skulptur stand ein kleiner Findling als Grabstein. Es war ein Kindergrab. Nein, das paßte nicht in seine Geschichte. Er überlegte eine Weile, ob er es erwähnen sollte, doch er entschied sich, es fortzulassen. Zuviel Realität, zuviel von solcher Realität, war nicht gut.

Dieses Grabmal bearbeitete der Restaurator, diesen personifizierten Tod, und hier würde alles beginnen. Benno notierte die Beschaffenheit der Wege, die verschiedenen Bäume, den Gesang der Vögel in seinem Büchlein, um viel von dieser Atmosphäre festzuhalten und später wiederzubeleben. Das war das wichtigste für ihn: Stimmung. Er mußte sich vollkommen in die Stimmung der Geschichte hineinversetzen können. Nur das garantierte, daß er sich darin wohl fühlte.

Lange schlenderte er noch über den Friedhof, es roch nach dem nahenden Herbst. Er setzte sich und genoß die Sonne im kühlen Wind. Nun würde er einige Seiten weiterkommen. Aber er durfte nichts überhasten. Es war wichtig, daß er so lange wie möglich das Schreiben, und damit das geschriebene Leben, genießen konnte. Wenn eine Geschichte fertig war, hatte sie für Benno kein Interesse mehr, dann waren die Stimmungen verflogen, und nur selten holte er nach langer Zeit einmal eine alte Erzählung wieder hervor und versuchte, sich an die Gefühle zu erinnern, die er während des Verfassens gehabt hatte. Oft gelang es ihm nicht mehr. Daran bemerkte er, daß er älter wurde; seine Empfindungen wechselten, verfärbten sich. Damals waren manche seiner Novellen heiter gestimmt gewesen, lange, lange war es her. Doch der Winter wurde stärker und stärker, die Echos wurden lauter, das Leben um ihn herum wurde leiser.

Aber selbst die finsterste Traumwelt war lichter als der Alltag. Benno dachte an seine schäbige kleine Wohnung, die schon längst eine Renovierung nötig gehabt hätte. Er konnte sich zu nichts aufraffen, seine ganze Kraft steckte in den Erzählungen, und das wenige, was sie übrig ließen, brauchte er fürs Büro. Er konnte es sich nicht leisten, unaufmerksam zu werden, denn er war auf das Gehalt angewiesen, und er hoffte, daß alles so weiterliefe wie bisher. *Und genau das ist dein Fehler!* sagte er sich. Doch er wollte es nicht gern hören. *Du willst nichts an deiner traurigen Situation ändern, und doch bist du selbst schuld daran. Du trägst Bindungsängste mit dir herum, Komplexe, die dich den anderen Menschen entfremdet haben, und jammerst über deine Lage. Selbstmitleid! Nichts anderes!* Nein. Darum ging es nicht. Er war ja nicht unglücklich. Welche Frau hätte sein Hobby verstehen können, seine Existenz in den Welten der Imagination, sein Leben im Garten Eden. Nie hatte dies jemand begriffen.

Schon seit seiner Kindheit träumte er sich davon. Damals war es ihm nicht möglich gewesen, diese Träume, Wünsche und Hoffnungen zu kanalisieren, und er wirkte nur unaufmerksam und abwesend. Seine Lehrer mochten ihn nicht – bis auf jenen Deutschlehrer, der ihn als erster ermuntert hatte zu schreiben, damals im Lyrikkurs. Doch Benno hatte schnell begriffen, daß Gedichte nicht seine Ausdrucksform waren. Dennoch, den ersten Impuls hatte er zu jener Zeit bekommen. Die Mitschüler fanden ihn bestenfalls verschroben, die freundlicheren ließen ihn in Ruhe, die anderen hänselten ihn, und wieder andere schwärzten ihn an und schlugen ihn. Er durfte nicht daran denken. Das war alles schwarze Vergangenheit. Er sah ihre Gesichter nicht mehr, hatte sie alle vergessen, seine Peiniger, die Bestien in Menschengestalt, die ihn zu dem gemacht hatten, was er nun war! Und seine Eltern – *Friede ihrer Asche* – hatten ihm nicht geholfen. Er müsse sich verteidigen, müsse selbst sehen, wie er zurechtkomme. Sie schauten zu, wie er unterging. Er wechselte schließlich die Schule, und sein Leben glättete sich langsam. Nicht länger war jeder Mitschüler sein Feind. Doch die erhoffte grundlegende Änderung trat nicht ein. Er blieb ein Fremder unter Fremden, der nicht über zaghafte Bekanntschaften hinaus gelangte. Das Abitur war eine Erlösung gewesen, doch seine Noten waren so schlecht, daß er weder Theater- noch Kunstwissenschaften studieren durfte; dies hätte ihn interessiert. So blieb ihm nur Jura. Wenn er an seine aufgeblasenen Kommilitonen dachte! Sie fuhren ihr Cabrio, das ihnen der stinkreiche Vater oder die geschiedene Karrieremutter gekauft hatten, mit einer lässigen Selbstverständlichkeit. Wenigstens kümmerte sich in dem Massenbetrieb niemand um ihn. Er nahm an, daß er der einzige Student war, der sich allein durch die Semester gebissen hatte, und da er leider keine besondere Begabung für die Rechte zeigte, mußte er sich jeden Leistungsnachweis mühsam erkämpfen. War es da ein Wunder, daß er durch das Examen fiel? Den zweiten Anlauf hätte er eigentlich schaffen müssen, doch kurz vorher starben sein Vater und seine Mutter bei einem schrecklichen

Autounfall. Sie wollten eine Tante besuchen, und Benno hatte sich geweigert, sie zu begleiten. Als hätte er es gewußt! Er war bei den Prüfungen so durcheinander, daß er alles verdarb. Danach verdingte er sich bei der Versicherung, es waren bessere Zeiten gewesen, und er war froh, so der Sorge um das tägliche Brot enthoben zu sein. Doch ohne ein abgeschlossenes Studium boten sich ihm keine Aufstiegsmöglichkeiten. Und da saß er nun seit vielen Jahren auf seiner Stelle, und nichts rührte sich in seinem Leben, nichts als die Literatur, die phantastische Literatur. Wie war er auf diese Erinnerungen gekommen?

Sie drängten sich ihm oft auf, wenn er unter den alten Bäumen, zwischen den Mausoleen und Grabsteinen saß. Früher, zu den Zeiten seines Studiums, war er jeden Tag durch diesen Friedhof gegangen, es war der kürzeste Fußweg zur Universität gewesen. Wie sehnsuchtsvoll hatte er sich vorgestellt, einmal mit einem Mädchen hierher zu kommen. Nie hatte er Aufsehen erregt, nie Blicke auf sich gezogen, höchstens durch seine Ungeschicklichkeit. Wahrscheinlich war es gut so.

Er ging nach Hause und setzte sich an seinen kleinen Schreibtisch aus den Schülertagen. Noch einmal las er die Einleitung, und sie erschien ihm vielversprechend. Es war schade, daß er wußte, wie es weitergehen würde. Dann versank er in dem Erzähler.

ES FING ALLES ganz harmlos an – wie solche Dinge eben anzufangen pflegen. Ich hatte gerade die Arbeit an einem frühen Cranach beendet, den wir für einen Privatsammler restaurieren mußten, als mein Chef mir auftrug, an einem Grabmal auf dem Friedhof Melaten mitzuarbeiten.

Dort war bereits ein Kollege tätig, doch die Zeit drängte, denn der Chef hatte einen Großauftrag angenommen, mit dem wir immer noch befaßt sind. Es handelt sich um St. Maria im Capitol. Daher bleiben nur noch vierzehn Tage, um die Arbeiten an dem Grabmal abzuschließen. Am vergangenen Montag machte ich mich erstmals auf den Weg nach Melaten; der Pförtner erklärte mir, wo ich das Grab finden könne, und ich lief durch eine schattige Kastanienallee vorbei an allerlei seltsamen Grabmälern aus dem vorigen Jahrhundert, die eher etwas über die Geschmacksverirrungen der Hinterbliebenen als über die Wertschätzung der Verstorbenen aussagen, schritt einige weite Rasenflächen entlang, in deren Mitte mächtige Platanen oder Ahorne wuchsen, schlug mich nach rechts immer tiefer in die Stille hinein, und nur von fern brauste der Verkehr. Er war gefiltert durch das Schlagen der Finken und Meisen, durch das Zwitschern der Amseln, zu denen das Knarren einiger Elstern einen unangenehmen Kontrast bildete. Nun hörte ich schon leises Klopfen und Hämmern. Ich kam zu einem asphaltierten Halbrund, und da sah ich endlich mein Ziel. Dicht am Weg, zur Rechten, stand jemand in schmutziger Arbeitskleidung und meißelte an den Falten eines steinernen Gewandes. Es umschmiegte einen unangenehm naturalistischen Sensenmann, der, das entfleischte linke Bein beinahe kokett vorgestreckt, auf einigen künstlichen Felsen stand. Sein Todesgrinsen hob sich weit über den Betrachter hinweg; er schaute in Fernen, die ihm zu gefallen schienen. In seiner Rechten hielt er ein Stundenglas, eingerahmt von steinernen Knochen, die Linke hatte er in einem Winkel an die Schulter gelegt, so daß durch die Öffnung zwischen dem Arm und dem Körper der Stiel einer Sense hindurchpaßte, die, auf der Schulter abgestützt, weit über seinen halb von einer Kapuze bedeckten Kopf reichte.

Das Grabmal, das keinen Namen trägt, war stark verwittert und bemoost. Der Skulptur fehlten etliche Zehen und Finger, einige Knochen waren von dem Stundenglas herabgefallen, das Gewand zerbröckelte, der Fels war rechts und links am Sockel auseinandergebrochen, doch trotz dieser Beschädigungen war die Figur noch immer kraftvoll und drohend. Rechts neben ihr erhob sich eine der ältesten, wundervollsten Platanen, die ich je gesehen habe, und hinter dem Sensenmann lag eine hohe Eibenhecke, die ihn vor den Blicken der Lebenden verbirgt.

Einige Minuten lang stand ich nur da und betrachtete den Tod aus der Ferne. Das emsige Hämmern des Restaurators, der ihm gegenüber so klein war, wirkte wie der Versuch, das Unheimliche aus der Figur herauszuhauen. Ich kannte meinen Kollegen kaum, er war neu, erst seit wenigen Wochen bei uns, doch sein Geschick und seine Ruhe hatten ihn schnell zu einem angesehenen und beliebten Mitarbeiter gemacht. Nun sollte ich zum ersten Mal eng mit ihm zusammenarbeiten. Ich trat hinter ihn und legte ihm die Hand auf die Schulter. Es sollte eine freundliche Geste sein, doch er hatte mich offensichtlich nicht kommen gehört, er zuckte zusammen, als wäre er geschlagen worden, und schüttelte meine Hand mit einer heftigen Bewegung ab. Dann drehte er sich um, und für einen Augenblick konnte ich in seinen Augen eine Angst sehen, vor der ich erschrak.

Ich will euch nicht mit der Beschreibung unserer Arbeit langweilen, doch zusammen kamen wir gut voran. Der Kollege – er hieß Hartmut Schwartz, ein

Name macht einen Menschen ja erst faßbar – hatte in der Zeit, da er allein restauriert hatte, schon eine Menge geschafft; das Grabmal muß wirklich verheerend ausgesehen haben. Doch die Arbeit machte keinen großen Spaß. Ich bemühte mich, nicht zu oft zu dem Grinsen des Sensenmannes hochzuschauen, und ich wünschte mir, daß Schwartz die Stille neben den Meißelschlägen und dem kratzenden Auftragen des Mörtels doch mit einigen Worten angefüllt hätte. Aber er blieb stumm, den ganzen Tag. Auch als wir abends durch die stillen, todesgesäumten Alleen zum Ausgang schritten, sagte er nichts. Indes bemerkte ich, daß er sich mehrfach schnell umschaute. Er steckte mich mit seiner Nervosität an, und bald tat ich es ihm gleich, doch ich konnte nichts Außergewöhnliches bemerken. Manchmal sahen wir jemanden, der flink einem Grab zuhuschte, es schien zumeist eine Frau zu sein, eine Angehörige, Witwe vielleicht, und plötzlich war ich froh, daß ich niemanden hinterlassen würde. Es muß schrecklich sein, zu sterben und zu wissen, daß man Schmerz zurückläßt.

Vor dem Tor verabschiedeten wir uns. Ich ging zu meinem Wagen, und Schwartz begab sich zu der Bushaltestelle, die unmittelbar vor dem Friedhofseingang liegt. Als ich an ihm vorbeifuhr, winkte ich ihm zu, und er hob zögernd den Arm. Zu Hause versuchte ich bei einem milden Sherry die seltsame Atmosphäre des Tages hinunterzuspülen. Ich dachte über Hartmut Schwartz nach, aber ich konnte mir nicht vorstellen, was ihn bedrückte. Ich mutmaßte, daß es häusliche Sorgen sein könnten, ein Streit mit seiner Frau vielleicht.

Während ich am nächsten Morgen vor dem kleinen Friedhofsportal einen Parkplatz suchte, was zu dieser Zeit schon schwierig wurde, sah ich, daß Hartmut Schwartz bereits an der Bushaltestelle stand. Er schien auf mich zu warten. Ich stieg aus und ging auf das Portal zu. Da lief er mir entgegen. »Bin auch gerade erst gekommen«, sagte er und bedachte dabei nicht, daß auf der geraden, breiten Straße in diesem Fall noch der weiterfahrende Bus hätte sichtbar sein müssen. Er war aber nirgendwo zu sehen. Also gingen wir zusammen zum Sensenmann, und unterwegs benahm er sich so wie auf dem Rückweg am vergangenen Abend. Ich sagte wieder nichts, wir arbeiteten schweigend, ersetzten die Zehen, das Gewand war beinahe fertig, und wir begutachteten zufrieden unser Werk.

Dann setzte ein gewaltiger Regenschauer ein, und wir zogen unsere Überwürfe an und flohen unter eine dichte Linde. Als der Schauer vorübergezogen war, entschieden wir, Feierabend zu machen. Noch fünf oder sechs Tage, und das Werk würde vollbracht sein. Wir nahmen unsere Sachen und schickten uns an, denselben Weg wie am Tag zuvor zu nehmen. Doch der Pfad war nach dem Guß derart aufgeweicht, daß es unter unseren Schritten schmatzte und unsere Hosenbeine von aufspritzendem Schlamm schwer und hart wurden. Ich blieb stehen. »Gibt es keinen asphaltierten Weg? Lassen Sie uns zurückgehen und einen suchen. Bis wir am Tor angekommen sind, sehen wir wie zwei Schlammcatcher aus.« Ich drehte mich um und hatte schon einen Schritt getan, als ich eine harte Hand am rechten Arm spürte. »Nein!« hörte ich die bestimmte Stimme von Hartmut Schwartz. »Wir gehen weiter!« Er ließ mich nicht los, und ich wollte es nicht zu einem unsinnigen Streit kommen lassen, also gab ich nach. Wieder schaute er oftmals zurück, wieder ließ ich mich anstecken, doch nun war niemand unterwegs. Der Regen hatte abgeschreckt.

Am Tor schaute ich an mir hinab und fluchte leise darüber, daß ich mich zu diesem Marsch hatte nötigen lassen. Mein Abschiedsgruß fiel ziemlich frostig aus, und ich ließ die Reifen quietschen, als ich losfuhr. Aus den Augenwinkeln sah ich, daß mein Kollege wie ein begossener Pudel an der Haltestelle stand, und er tat mir leid. Was mochte ihn zu seiner harschen Reaktion veranlaßt haben? Am nächsten Tag sollte ich es erfahren.

So war es, so hatte Benno es gesehen und empfunden auf dem Melaten-Friedhof. Ihm gefiel die Schilderung; er konnte sich die Szene gut vorstellen. Nun, die Eindrücke waren auch noch sehr frisch.

Benno war stolz auf seine Idee mit der doppelten Rahmenerzählung, er fand sie raffiniert. Wo aber sollte die Geschichte erzählt werden? Wo können sich zwei Männer unterhalten, die allein sind? Natürlich wiederum in einer Wirtschaft. Benno erinnerte sich daran, daß schräg gegenüber dem Nebenportal eine Eckkneipe lag. Ihren Namen hatte er vergessen.

Für einen Augenblick überlegte er, ob er noch einmal hinausgehen sollte. Es wurde schon dunkel, und er haßte die Stadt, wenn sie unter der Finsternis lag. Nichts sah mehr so aus wie am Tage. Früher hatte er die Dunkelheit geliebt. Er war oft an späten Winternachmittagen nach den Hausaufgaben oder nach den Arbeiten für das Studium in die Stadt gegangen, zu einigen Antiquariaten, und er war an finsteren Wiesen vorbeigekommen, rechts neben der Autobahnabfahrt, an der ein holperiger Fußweg entlangführte. Aus der Ferne sah er das Rüger-Hochhaus, die zahllosen Lichtnadeln des schwarzen Kolosses, die mit den Sternen kämpften; am Tag war das Haus mit bunten Platten bedeckt, doch im Dunkeln war die Farbe verschwunden, die vielen Lichter der Autos, die über kahle Bäume und brüchigen Asphalt hüpften, das Brausen und die Nacht hielten ihn geborgen. Er freute sich jedesmal darauf, zurückzukehren zu seinen Eltern, bei denen er bis zu ihrem Tod gewohnt hatte, dann hatte er die Wohnung aufgelöst und war in einen anderen Stadtteil gezogen, die Erinnerungen waren zu furchtbar gewesen, und seine Mutter würde ihm ein kleines Abendessen bereiten, und abends würde er in den neuen Büchern schmökern. Da war die Nacht eine Verheißung gewesen, die Nacht mit ihrem Glanz, doch den hatte sie verloren.

Er konnte zwar hinausgehen, aber nirgendwohin zurückkehren.

So begnügte er sich mit einer undeutlichen Schilderung.

DAS WETTER HATTE sich keine Eskapaden erlaubt, und als wir nach getaner Arbeit vor dem Portal standen und uns voneinander verabschiedeten, sagte Schwartz unvermittelt: »Ich habe mich gestern dumm benommen. Bitte entschuldigen Sie.«

»Selbstverständlich«, sagte ich. Ich hatte den Vorfall beinahe vergessen.

»In letzter Zeit bin ich nicht mehr ich selbst«, sagte er.

Ich erwiderte nichts darauf, denn ich wollte nicht in seine privaten Angelegenheiten dringen.

Er zögerte kurz, doch dann sagte er: »Darf ich Sie zu einem Glas Bier einladen? Dort drüben ist eine Kneipe, sie ist sicher so gut wie jede andere.«

Es war nur zu deutlich, daß er mir etwas erzählen wollte, und ich willigte ein.

Wir setzten uns an einen blankgescheuerten Holztisch, eine Musicbox spielte leise längst abgehangene Schnulzen, das Bier stand vor uns, und er fragte:

»Halte ich Sie von etwas ab? Erwartet Ihre Frau Sie?«

»Ich bin nicht verheiratet, und ich habe viel Zeit«, erwiderte ich.

»Das ist gut«, sagte er. »Haben Sie etwas dagegen, wenn ich Ihnen eine Geschichte erzähle? Ich habe niemanden, mit dem ich reden kann, und sonst macht mir das nicht das geringste aus. Aber in der letzten Zeit ist so vieles geschehen. Ich muß es jemandem mitteilen. Haben Sie etwas dagegen, daß Sie derjenige sind?«

Ich verneinte. Um ehrlich zu sein: Er hatte mich neugierig gemacht.

Und nun begann die eigentliche Geschichte. Ihr wollte Benno die nächsten Tage und Wochen widmen, doch für heute war es genug. Er legte den dünnen Papierstapel aufeinander – er schrieb auf DIN A-5 Blättern –, und obenauf legte er den Kugelschreiber. Dies war das Ritual des täglichen Endes.

Er stand auf und reckte sich. Er fühlte sich gut, wenn er schrieb. Es war stockdunkel draußen, und in seiner Wohnung brannte nur die kleine Schreibtischlampe. Benno liebte diese Atmosphäre. Sie ließ nicht in jede Ecke Licht, und er konnte sich dort allerhand vorstellen. Jetzt aber war er müde, und er schaltete die Deckenlampe ein.

Unzählige Bücher tauchten aus den Schatten an den Wänden auf. Auch diesen Anblick liebte er. Jedes Buch war eine Welt, die sich in ihrer Eigentümlichkeit nur ihm allein erschloß. Die meisten Bände hatte er während seines Studiums gekauft, denn er hatte damals eine gutbezahlte Nebentätigkeit gehabt.

Bei dem Verlag der Kirchenzeitung hatte er beinahe jeden Mittwoch eine Nachtschicht gefahren: Zeitungen zählen, abpacken, versandfertig machen, damit sie morgens bei den Verteilern lagen. Es war eine anstrengende Arbeit gewesen, doch die Aussicht auf kleine Gespräche mit den anderen drei oder vier Studenten hatte Benno immer als angenehm empfunden. Sie waren keine eingebildeten Affen, sondern durchweg patente Kerle gewesen. Aber auch unter ihnen war es Benno nicht gelungen, Freundschaften zu schließen; er hatte sich nicht getraut. Nachdem er zum zweiten Mal durch das Examen gefallen war, hatte er die Stelle gekündigt, denn er hatte sich vor ihnen geschämt. Zum Glück hatte sich später der Job bei der Versicherung schnell ergeben.

Da Benno aber nun eine hohe Miete zahlte, blieb ihm nicht viel Geld für Extravaganzen wie teure Bücher.

Der Tod seiner Eltern hatte in sein Leben ein unauffüllbares Loch gerissen; sie waren eine glückliche Familie gewesen, und von einem Tag auf den anderen stand Benno allein da. Er wunderte sich heute noch, daß er es überhaupt geschafft hatte. Die neue Wohnung hatte ihm dabei entscheidend geholfen, denn er wollte nicht auf Schritt und Tritt von Erinnerungen belagert werden.

Doch es gab Erinnerungen, die er liebte: die Erinnerungen an seine ersten Lektüreerfahrungen.

Seine Eltern hatten ihm einen Band mit phantastischen Erzählungen geschenkt, der bei einem Kinderbuchverlag erschienen war, doch die Geschichten waren größtenteils ungekürzt, von Lovecraft, der ihm sofort gefiel, Benson, Poe und anderen. Von da an verschlang er nichts anderes mehr als unheimliche Geschichten. Seine Eltern befürchteten, mit ihrem Geschenk einen Fehler gemacht zu haben, doch für Benno begann eine unvergleichliche Entdeckungsreise durch das Land der Phantasie. Hier fand er vieles, das er bisher nur dumpf gefühlt hatte, Welten, die er geahnt, aber nie hatte benennen können, und sie wurden ihm ein Refugium vor den Übergriffen seiner Mitschüler, ein Schneckenhaus, in das er sich immer häufiger zurückzog. Er las *Dracula* und *Frankenstein, Camilla* und die Geschichten um *Cthulhu,* ließ sich von Hodgson, Ray und Smith verzaubern, entdeckte die *Bibliothek des Hauses Usher,* jene wunderbaren Bände, deren Seiten grün waren. Anfangs lieh er nur aus der Stadtbücherei aus, doch irgendwann begann er sich eine eigene Bibliothek aufzubauen. Er und seine Bücher: es waren Synonyme. Alles aus jenen ersten aufregenden Tagen besaß er noch.

Sein Blick schweifte über die Regale, und er suchte sich die *Stimme in der Nacht* von Hodgson als Abendlektüre aus. Voller Vorfreude, obwohl er den Inhalt schon auswendig kannte, trug er den Band behutsam wie ein Kleinod in das kalte Schlafzimmer und legte ihn auf das Nachtschränkchen. Schnell zog er sich um, kroch unter das kühle Laken und nahm das Buch in die Hand. Beim Geruch der Seiten lebten seine Gefühle wieder auf, die er beim ersten Lesen der unheimlichen Seegeschichten empfunden hatte. Er befand sich auf der *Glen Carrig,* deren Besatzung in einem fremdartigen insularen Gefilde die seltsamsten Abenteuer zustießen, er kletterte mit an Bord der *Herrenlosen* und erkannte, was sich unter ihrem Schimmelüberzug verbarg, und er trieb zurück, zurück, zurück. Er bestand nur noch aus Geschichten, fremden und eigenen, und als seine Augen bleiern wurden, löschte er das Licht und tauchte ein in das Meer der wunderbaren Begebenheiten.

Am nächsten Tag schwärmte Herr Bandmann wieder von den Erzählungen, die er von Benno erhalten hatte. »Sie sind ein Genie, Herr Durst«, sagte er, »und ich schätze mich glücklich, mit ihnen arbeiten zu dürfen.«

»Danke«, sagte Benno.

Meinte Bandmann es ernst, oder wollte er ihn nur auf den Arm nehmen?

Herr Bandmann schwärmte weiter, aber Benno hörte nicht hin, er nickte manchmal, vielleicht an den falschen Stellen, und tat ansonsten, als wäre er in seine Arbeit vertieft. Tatsächlich aber freute er sich darauf, nach Hause zu seiner Geschichte zurückkehren zu können. Er wußte, daß er sie niemandem zeigen würde.

An seinem alten Schreibtisch saß er bis spät in die Nacht. Er schrieb, änderte, verwarf, und am Ende hatte er nur eine Seite verfaßt. Die aber gefiel ihm. Und ein paar Tage später nahm die Geschichte schon eine gewisse Form an.

»SIE MÜSSEN WISSEN, daß ich ein Rätselfreund bin«, begann Schwartz. »Ich liebe Kreuzworträtsel, Silbenrätsel, alle Arten von Rätseln. Darum lese ich auch gern Kriminalromane. Ein gutes Rätsel vertreibt mir die Zeit. Und bisweilen versuche ich, auch Alltagsrätsel zu lösen. Sie wissen schon: Warum tut der und der dieses und jenes? Was verbirgt sich hinter dieser oder jener Äußerung, hinter diesem oder jenem Umstand? Immer wittere ich irgendwo ein Geheimnis, ein Rätsel, das sich nur dem offenbart, der es bemerken kann, und das sind wenige. Sie glauben nicht, wie viele Leute mit geschlossenen Augen durch diese Welt laufen. Ich habe mich immer bemüht zu verstehen, und es ist mir manchmal geradezu zu einem Zwang geworden.

Sie werden nun fragen, was das alles mit meinem gestrigen Verhalten zu tun hat. Sie werden sich erinnern, daß ich den Weg weitergehen wollte, auf dem wir uns befanden. Wenn wir zurückgegangen wären, hätten Sie vielleicht den asphaltierten Weg gefunden, und dann wären wir dort vorbeigekommen, wo ich nie wieder vorbeikommen möchte. Es ist eigentlich gar nicht schlimm, eher banal, aber was sich für mich damit verbindet ...

Es war vor etwas mehr als einer Woche. Da hatte ebenfalls ein plötzlicher Regenguß eingesetzt, und ich kam auf den gleichen Gedanken wie Sie gestern. Ich nahm den Weg, der vom Scheitel des Halbrunds in nördliche Richtung wegführt. Er stellt zwar einen kleinen Umweg dar, man kommt westlich des Eingangs heraus, aber er ist in der Tat völlig asphaltiert, und daher war es angenehmer, dort entlangzugehen als durch den Schlamm.

Kurz vor dem kleinen jüdischen Friedhof entdeckte ich am Wegesrand ein interessantes Mausoleum, dessen kniehohes, verrostetes Gitter offenstand und den Blick auf eine bemooste Steinbank freigab, hinter der zwei Bronzeplatten in die Wand eingelassen waren. Einen Zugang zu einer Grabkammer gab es nicht. Große Spinnwebnetze hingen an den Innenwänden, und ich trat ein, um das Ende des Regenschauers abzuwarten.

Als er endlich aufgehört hatte, ging ich weiter. Erst am Tor bemerkte ich, daß irgend etwas auf dem Weg meine Aufmerksamkeit erregt hatte. Zunächst dachte ich, ich hätte in dem Mausoleum unbewußt etwas Seltsames wahrgenommen, und so untersuchte ich es am folgenden Morgen sehr genau, bevor ich mit meiner Arbeit begann. Aber es gab nichts Außergewöhnliches. Aus dem steinernen Dach sprießt ein kleiner Baum, fragen Sie mich nicht, was es ist, ich habe von Botanik keine Ahnung, es sieht aber sehr pittoresk aus. Doch es war nicht dieser Anblick, der mich stutzig gemacht hatte, da war ich mir sicher.

Nach Feierabend ging ich daher noch einmal denselben Weg zurück, obwohl es nun nicht mehr regnete, und ich ließ meinen Blick über die Gräber schweifen. Auf dem Ehrenfelder Teil, also schon nahe dem Ausgang, entdeckte ich auf einem Querweg das Grab von vier Nonnen. Ich mutmaßte, daß es dieses Grab war, das meine Phantasie angeregt hatte. Es haftete ihm jedoch nichts Seltsames oder Rätselhaftes an.

Es ist ein breites Grab mit einem Steinkreuz, an dem ein bronzener Christus hängt, und auf dem Schaft ist eine Marmorplatte mit den Namen der Nonnen angebracht, ihren Ordens- sowie ihren Geburtsnamen. Zu beiden Seiten des Steins erstreckt sich ein schmiedeeisernes Gitter, und das Grab ist mit Efeu und Stiefmütterchen pflegeleicht bepflanzt.

Ich ging vorüber, nahm es wahr, fand es interessant, aber ich glaubte nicht, daß es der Grund meiner leichten Irritation gewesen war. Zu Hause jedoch erinnerte ich mich daran, daß das Todesjahr bei allen vier Schwestern gleich gewesen war; ein genaues Datum ist nicht angegeben.

Der nächste Morgen sah mich wieder vor dem Grab stehen. Es trägt die folgende Aufschrift – ich kenne sie auswendig:

Ruhestätte der armen Schwestern vom hl. Franziskus
Schw. M. Hildemarga Elisabeth Laux 1896–1975
Schw. M. Simperta Therese Kuntz 1899–1975
Schw. M. Almira Elisabeth Zorf 1897–1975
Schw. M. Vigilia Elisabeth Gerber 1881–1975

Sie werden sich nun fragen, was daran seltsam sein soll. Ich wußte es zuerst auch nicht. Ich war nicht sicher, ob es diese Grabstelle war, die mein Unterbewußtsein so beschäftigte. Kennen Sie das Gefühl, wenn man sich an etwas genau zu erinnern glaubt, es aber doch nicht fassen kann? Es macht einen nervös, und so nervös lief ich an jenem Morgen auf dem Friedhof umher. Ich kehrte zu dem verrotteten Mausoleum zurück, doch es war leer, keine Träume, keine Rätsel, kein totes Leben. Nein, je mehr ich während der Arbeit darüber nachdachte, desto deutlicher wurde mir, daß das Nonnengrab der Auslöser für meine Unruhe war. Ich hatte keinen Beweis dafür, daß die vier Nonnen am gleichen Tag gestorben waren, denn es war ja nur das Jahr angegeben. Aber seltsam war es doch, denn schließlich war ihr Alter sehr unterschiedlich gewesen; die älteste starb mit 94 Jahren, die jüngste mit 76 Jahren; ein ziemlicher Unterschied.

Was war geschehen, wenn es wirklich derselbe Tag war? Ein Unglück? Ein Feuer vielleicht oder einstürzende Gebäudeteile? Meine Phantasie gaukelte mir ein zerfallendes, uraltes Klostergebäude vor, weinberankt, mit Löchern in den Mauern, zugigen Zellen, einer feuchten Bibliothek, beherrscht von einer asthmatischen Nonne, eine salpeterfleckige Kirche, durch die der dünne Gesang brüchiger Stimmen hallt, und als ich all das sah, wußte ich, daß ich wieder vor einem Rätsel stand, das sich meinem Geist aufdrängte.

Ich nahm mir vor, etwas über die Nonnen und ihr Ende herauszufinden. Sie mögen darüber lachen, und schließlich gingen mich diese fremden Menschen ja auch gar nichts an, aber wenn man allein lebt, schafft man sich die sonderbarsten Hobbys an. Manche gehen mit ihrem Hund spazieren, manche in die Kneipe oder ins Bordell, andere machen die Straßen als Würger unsicher, und ich bilde mir eben gern Rätsel ein und löse sie. Dabei ist die endgültige Lösung nicht so wichtig wie die Jagd darauf. Und um ehrlich zu sein – das Ergebnis ist zumeist enttäuschend. Hier aber war es anders.«

Nun war das Rätsel formuliert; die Jagd konnte beginnen. Benno freute sich darauf. Genauso war es gewesen – oder in etwa so: Er war an dem Grab der Schwestern vorbeigekommen, und die Daten hatten ihn gewundert. Sie waren ihm nicht mehr aus dem Kopf gegangen. Diese Verquickung von Realität und Literatur liebte er. Wenn der Leser wollte, konnte er die Geschichte an den realen Schauplätzen nachvollziehen. »Welcher Leser?« fragte er sich, und seine Stimme schwamm im Raum. Er wurde sich erst spät bewußt, daß er laut gesprochen hatte. Begann er nun, Selbstgespräche zu führen? Oder führte er sie schon seit längerem? Manchmal war ihm, als stünde er neben sich und könne nur wenig wahrnehmen. Das Leben war verwirrend, wenn man sich ausschließlich auf sich selbst beziehen konnte.

Warum weigerte er sich eigentlich so hartnäckig, nach einer Veröffentlichungsmöglichkeit zu suchen? Er hatte bereits zwölf Novellen und vier Kurzgeschichten geschrieben. Stoff genug für mindestens drei Bände. Was er schrieb, war meistens lang, so hatte er mehr davon. Es machte ihm zuviel Mühe, sich eine Idee auszudenken, die er schon nach wenigen Wochen oder gar einigen Tagen ausgezogen hatte. Die kurzen Erzählungen waren Fehlgriffe gewesen, doch er hatte sie aufbewahrt, vielleicht ließe sich aus ihnen noch etwas machen. Benno träumte davon, einmal einen Roman zu schreiben, aber er scheute vor der ungeheuren Mühe zurück. Bei seinem Arbeitstempo würde es viele Jahre dauern, und in einer so langen Zeit konnte eine Idee schal werden.

Nein, einen Verlag wollte er nicht suchen, denn dies hieße, sich beurteilen zu lassen und sein Innerstes preiszugeben.

Alter Narr! schalt er sich. *Was steckt schon von dir selbst in diesen Ideen und ihren Ausarbeitungen? Ich will mich nicht zwingen lassen, die Geschichten zu überarbeiten und mich erneut mit ihnen auseinanderzusetzen, und das müßte ich dann tun. Sie sind tot, wenn sie geschrieben sind, und ich kann die Empfindungen nicht zurückholen.*

Sie waren nur für ihn – für niemanden sonst!

Wer waren die ›armen Schwestern vom hl. Franziskus‹? Er wußte es noch nicht, denn es war für die Handlung bisher nicht von Wichtigkeit gewesen. Nun aber mußte er sich um die Realität kümmern. Er suchte nach seinem *Lexikon für Theologie und Kirche,* das ihm ein unentbehrliches Nachschlagewerk geworden war, denn viele seiner Geschichten hatten im weitesten Sinne mit der Religion zu tun. Eigentlich war es seltsam, denn er ging nicht mehr zur Kirche, wollte mit den Brüdern und Schwestern nichts gemeinsam haben. Benno fand die Informationen, die er gesucht hatte, und stellte fest, daß das Mutterhaus der armen Schwestern in Aachen stand. Ob ich zwecks Recherche am Wochenende dorthin fahren sollte? fragte er sich. Es würde alles lebendiger machen und mich gleichzeitig mit einer besseren Erinnerung ausstatten. Ich könnte die Handlung deutlicher nachvollziehen. Ja, ich sollte sie an keinen unbestimmten Ort legen.

Und so geschah es. Früh am Samstagmorgen, nachdem er im Bahnhofspostamt die Adresse des Klosters nachgeschlagen hatte, machte er sich auf den Weg, nahm den Zug, wie es sein Held auch getan hätte, machte sich Notizen über Mitreisende, die ihn seltsam anschauten, als er sie fixierte, und er wollte ihnen schon sagen, sie sollten sich nicht so anstellen, sondern froh sein, daß er sie überhaupt bemerkte. Sie waren so durchschnittlich, daß er sie wahrscheinlich nicht einmal benutzen konnte.

Auf dem Bahnhofsvorplatz in Aachen stand ein großer Stadtplan. Benno versuchte, sich den Weg einzuprägen, doch als er nur wenige Straßen weit gekommen war, mußte er bereits fragen. So kam er wieder ein Stückchen weiter, mußte dann erneut fragen. Und wieder fragen. Endlich hatte er sein Ziel erreicht: das Franziskuskloster. Er notierte sich die Umgebung sehr genau, linste einmal durch die Pforte, nahm mit Erstaunen wahr, daß es sich um ein Altersheim handelte, und überlegte für einen Augenblick, ob er hineingehen und sich als Schriftsteller zu erkennen geben sollte. »Aber ich bin doch gar kein Schriftsteller. Schriftsteller schreiben für andere!« Ein Passant schaute ihn fragend an. Hatte er wieder laut gesprochen? Benno wurde rot. Er setzte sich auf eine Bank und hatte die Pforte im Blick, auch die blondhaarige, nicht mehr junge Frau am Empfang. Nein, er konnte nicht dort hineingehen. Selbst wenn man sich von dem ›Schriftsteller‹ blenden ließe, ließe man es nicht zu, daß er eine Horrorstory über einige längst verstorbene Schwestern schrieb. Nein, das wäre zuviel Realismus. Benno blieb eine Weile sitzen, machte Eintragungen und fuhr dann zurück.

Sofort setzte er sich an die Geschichte. Er schrieb

und schrieb, schrieb über sein Abenteuer, das nicht stattgefunden hatte, schrieb es seinem Helden zu und gefiel sich.

»In meiner kleinen Wohnung überlegte ich mir, wo ich beginnen konnte. Zuerst mußte ich herausfinden, was es mit den ›armen Schwestern vom Hl. Franziskus‹ auf sich hatte. Ich schlug im Kölner Telefonbuch nach, fand aber nur die ›Franziskanerinnen BMVA‹. Ein Anruf dort überzeugte mich, daß ich auf der falschen Fährte war. Leider konnte man mir nicht weiterhelfen. Also blieb mir nur der ›akademische Weg‹, wie ich es nenne, das heißt, die Recherche in Büchern.

Leider besitze ich kein Lexikon über kirchliche Dinge. Daher machte ich mich noch am gleichen Abend auf zur Universitätsbibliothek, die länger als die Stadtbücherei geöffnet hat. Und im großen Lesesaal entdeckte ich in der theologischen Abteilung im *Lexikon für Theologie und Kirche* tatsächlich einen Hinweis: Unter dem Stichwort ›Franziskanerinnen‹ fand ich die Notiz über einen Orden der ›Armenschwestern vom hl. Franziskus in Aachen‹, gegründet daselbst 1845 von Franziska Schervier und 1908 päpstlich bestätigt. Auch Gottes bürokratische Mühlen mahlen langsam … Unter dem Eintrag ›Schervier, Franziska‹ fand ich noch einige weitere Informationen. So ist der Orden hauptsächlich in der Alten- und Krankenpflege tätig, und der Seligsprechungsprozeß der Gründerin ist anhängig. Nun war es nur folgerichtig, ein Aachener Telefonbuch zur Hand zu nehmen. Ich ging zur Post gegenüber der Bibliothek und schlug nach. Tatsächlich fand ich etwas: ›Franziskanerkloster. Lindenplatz 2‹. Ich schrieb die Adresse und die Telefonnummer auf, wurde von einem Schalterbeamten unsanft darauf aufmerksam gemacht, daß man nun aber gleich schließe, und ging nach Hause.

In solchen Augenblicken fühle ich mich nicht mehr allein, da ist es mir gleichgültig, daß meine Wohnung so klein ist und draußen Tag und Nacht der Verkehr rauscht. Dann habe ich etwas, das mich gefangenhält, und nur die Aussicht auf das banale Ende eines Rätsels stiehlt sich manchmal unangenehm in die Gedanken. Aber davon war ich noch sehr weit entfernt.

Natürlich überlegte ich, ob sich der ganze Aufwand lohne. Außerdem: Konnte ich einfach in das Kloster hineinspazieren und mich nach den Nonnen erkundigen? Würde man mich nicht – zu Recht – sofort wieder hinauswerfen? Und was gedachte ich eigentlich zu erfahren? Schließlich lag das Todesjahr schon lange zurück. Möglicherweise würde ich niemanden finden, der mir Auskunft geben konnte. Trotzdem hatte ich den Hörer schon in der Hand, aber nach der Vorwahl legte ich wieder auf. Am Telefon konnte man mich zu leicht abwimmeln, das war mir schon oft passiert. Wenn ich hingegen nach Aachen führe, hätte ich bessere Chancen. Dann aber mußte ich noch drei Tage bis zum Wochenende warten. Ich nahm es auf mich.

Während der Restaurierungsarbeiten an dem Sensenmann dachte ich immer wieder über das Rätsel nach. Es war so vage, daß mir manchmal die Lust verging, weiter nachzuforschen. Doch meine Neugier war erwacht, und sie läßt sich nicht leicht in ihre Schranken weisen, zumindest bei mir nicht; daran habe ich schon immer gelitten. Mein ganzes Leben ist von Neugier durchzogen, und das hat mir viele Möglichkeiten genommen und stand vielen Bekanntschaften im Weg. Ich wollte einen geheimen Zusammenhang zwischen dem unheimlichen Grabmal und den toten Nonnen erkennen und bildete mir ein, einem großen Geheimnis auf der Spur zu sein.

Was ist das Leben anderes als eine große Einbildung? Alles was man sich erträumt, ist wirklich, alles andere existiert nicht wirklich. Daher hat man es selbst in der Hand, sein Leben nach inneren Prinzipien zu steuern, und ein Mangel an Abwechslung und Spannung kann nur auf einem Mangel an Phantasie beruhen. Wozu muß ich etwas in sogenannter realer Gestalt zu erlangen trachten, was ich mir in der Phantasie leicht vorstellen kann? Wenn ich es mir vorstelle, habe ich es doch schon.

Genauso ist es bei mir mit den Rätseln. Wenn ich mir ein Geheimnis vorstelle, existiert es für mich, und ich sah einen Zusammenhang zwischen dem Gevatter Tod und den vier Nonnen. Für mich stand fest, daß die Nonnen an einem Tag gestorben waren und daß ihr Tod nicht auf natürlichen Umständen beruhte. Verstehen Sie mich nicht falsch: Damit meine ich keinesfalls übernatürliche, sondern lediglich unnormale Ursachen. Ich halte nichts von Esoterikern, Spiritisten und ähnlichen Zeitgenossen, und ich habe kein Verständnis für jene, die die Existenz des Spukhaften in unserer Welt nachgewiesen haben wollen. Jedoch: Dies war meine damalige Meinung, und eigentlich vertrete ich sie bis heute. Aber was mir im Zug meiner – wenn ich so sagen darf – Ermittlungen widerfahren ist, hat mich so verunsichert, daß Sie nun in den sauren Apfel beißen und mir zuhören müssen. Wenn ich Sie langweile, sagen Sie es mir bitte. Ich höre dann sofort auf.«

Er sah mich mit einem flehenden Hundeblick an, und obwohl ich trotz meiner anfänglichen Neugier nicht behaupten kann, bisher seiner verworrenen Geschichte ein besonderes Interesse abgewonnen zu haben, brachte ich es nicht über mich, ihm die Wahrheit zu sagen. Ich konnte mir sehr gut vorstellen, daß er nur jemanden zum Reden brauchte, und in gewisser Weise waren wir an jenem Abend Leidensgenossen. Auch mich drängte es nicht, in meine Wohnung zurückzukehren und die Wände anzustarren. Also harrte ich aus und ermunterte ihn, in seinem Bericht fortzufahren.

Er bestellte ein weiteres Bier, nippte nur kurz am Schaum, wie um sich zu vergewissern, daß er noch eine körperliche Realität besaß, und fuhr endlich fort:

»Sie sind sehr freundlich, vielen Dank. Nun, ich hatte mich also entschieden, nach Aachen zu fahren, und schon früh am Samstagmorgen begab ich mich zum Kölner Hauptbahnhof. Ich nahm einen Eilzug, der es gar nicht eilig hatte, doch endlich, nach etwas mehr als einer Stunde, hatte ich mein Ziel erreicht. Ich suchte auf einem Stadtplan vor dem Bahnhof den Lindenplatz und ging zu Fuß dorthin. Ich hatte mir den Weg eingeprägt und bald wieder vergessen, so mußte ich einen Passanten fragen, der mich verwundert anschaute, als er mir Auskunft gab. Ich war versucht zu fragen, was so seltsam an dem Franziskuskloster sei, doch ich beherrschte mich und ging, wie mir gesagt worden war, bis zur nächsten Kreuzung, dann nach rechts, dann nach links, und schon stand ich auf dem Platz, der seinen Namen nicht zu Unrecht trägt.

In zwei strengen Reihen wuchsen etliche alte und junge Linden, unter denen ein verwaister Sandkasten lag. Einige unbesetzte Bänke standen unter den Bäumen, und an der linken Seite des Platzes, der lediglich die Verbreiterung einer Straße darstellte, die aber in seinem Bereich für den Verkehr gesperrt war, lag ein langgestrecktes Gebäude aus rotem Backstein, das mit einigen neuen Anbauten bis weit in die rechtwinklig abzweigenden Straßen hineinragte, so daß es beinahe einen gesamten Block einnahm. Über das Gebäude ragte das Langschiff einer großen Kirche hinaus, die sich im Hof des Komplexes erhob. Zum Lindenplatz hin gab es nur eine kleine, offenstehende Tür, und daneben konnte ich ein messingfarbenes, blankgeputztes Schild sehen: *Altenheim.* Offensichtlich hatte ich mein Ziel erreicht.

Ich war überrascht, daß es sich nicht lediglich um ein Kloster handelte, erinnerte mich aber, daß die Altenpflege eines der Betätigungsfelder des Ordens war. Ich war unschlüssig, wie ich nun vorgehen sollte, setzte mich auf eine der Bänke und sah in alle Richtungen. Gegenüber der unscheinbaren Pforte gab es eine Kneipe mit dem Namen EINSTEIN, viele Tische und Stühle standen auf dem Platz, sie waren zusammengestellt. Von einigen kleinen Geschäften an dieser Seite fiel vor allem eine Videothek auf, die den neuesten Streifen nach Stephen King anpries. Gleichsam als Gegengewicht dazu wachte am Eingang des Platzes eine Kreuzigungsgruppe aus glasiertem und bemaltem Ton, die von einem häßlichen, verglasten Betonklotz vor der Witterung und vor Übergriffen geschützt war.

Von meiner Bank aus konnte ich schräg zu der Pforte hinübersehen und bemerkte eine Rezeption, hinter der eine etwa fünfzigjährige Frau mit kurzem, gelocktem Blondhaar saß. Sie schaute durch eine Hornbrille und sah nicht sehr freundlich aus. Da sie keine Tracht trug, nahm ich an, daß sie eine Laiin war. Sollte ich einfach zu ihr gehen und fragen, was sie mir über die toten Nonnen sagen konnte? Das war lächerlich. Aber ich mußte hineingelangen und jemanden sprechen, der von der Sache wußte. Gab es überhaupt eine ›Sache‹? Ich saß lange unsicher auf der Bank, aber meine Neugier war stärker als die Angst, mich dem Spott anderer auszusetzen.

So stand ich auf und überquerte langsam den ruhigen Platz. Ich stieg eine kleine Rampe hoch, und in diesem Augenblick kam mir ein Rollstuhl nicht gerade langsam entgegen. Er wurde von einer kräftigen Krankenschwester geschoben, und seine Insassin, in Nonnentracht gekleidet, schien sich mit dem Rausch der Geschwindigkeit nicht recht anfreunden zu können. In ihrem Schoß sah ich eine Videokassette liegen, die sie mit sehnigen, verkrampften Fingern hielt. Die beiden entfernten sich in Richtung der Videothek. Ob es der neue Film von Stephen King war? dachte ich und mußte kichern.

Inzwischen hatte ich die Rezeption erreicht und machte offenbar immer noch ein dümmliches Gesicht, denn die Empfangsdame herrschte mich an: ›Zu wem wollen Sie denn?‹

Ich wurde rot, stotterte und druckste herum, und schließlich ging ich aufs Ganze: ›Zur Schwester Oberin, bitte.‹

›Haben Sie einen Termin?‹

›Nein, leider nicht.‹

›Dann ist die Schwester Oberin für Sie nicht zu sprechen!‹

Sie wandte sich ab und tat, als wäre ich nicht mehr da.

›Es geht um eine Mitschwester, um einen Todesfall, um Schwester Hildemarga‹ – das war der einzige Name, der mir in der Eile einfiel –, ›denn es ist so, daß ihre Hinterbliebenen, wie soll ich mich da ausdrücken, es ist schon seltsam, nach der langen Zeit, es geht um die Erbschaft und um Geld.‹

Hinter den Brillengläsern blitzte es auf.

Ich setzte nach: ›Um sehr, sehr viel Geld.‹

›Nun, dann berührt es also Belange des Ordens‹, sagte die Frau, ›das ist natürlich etwas anderes. Bitte verzeihen Sie. Aber die Schwester Oberin ist nicht da. Sie müßten ihr begegnet sein. Eine Krankenschwester hat sie gerade hinausgefahren. Sie wird bald wieder zurück sein. Bitte warten Sie hier.‹

Sie wandte sich von mir ab und ging einer Tätigkeit nach, deren Sinn sich mir nicht erschloß. Ich beobachtete ihre scheinbar ziellosen Bewegungen, bis ein kleiner Aufruhr vor der Pforte Besuch ankündigte. Es war die Krankenschwester mit der Oberin. Nun war der Schoß leer.

Die Pförtnerin hielt die beiden auf, die sich wieder in beachtlichem Tempo genähert hatten.

›Hier ist ein Herr für Sie, Schwester Oberin‹, sagte sie mit Unterwürfigkeit in der Stimme. ›Es geht um wichtige Dinge, um eine Schwester Hildemarga und eine Erbschaft.‹

›Ach ja?‹ fragte die Oberin schneidend kalt und sah mich zweifelnd an. ›Wir hatten zwei Schwestern dieses Namens in den letzten Jahren. Es stimmt, beide sind tot. Um welche handelt es sich denn?‹

›Um …‹ Ich kramte in meinem Gedächtnis nach dem vollständigen Namen. Jetzt war ich festgelegt und mußte weiterspielen. ›Um Hildemarga Elisabeth Laux, gestorben 1975.‹

›Nun, das ist aber doch sehr merkwürdig. Es ist schließlich schon so lange her. Ich kann mich kaum erinnern.‹

Ich war auf der richtigen Fährte!

Sie redete weiter: ›Aber das brauchen wir nicht hier auf dem Flur zu besprechen.‹

Sie starrte die Pförtnerin mit zusammengekniffenen Lippen an, die nur noch ein Strich im faltigen, scharfen Gesicht waren. Dann zischte sie: ›Los!‹, und die wilde Fahrt ging durch einen langen Flur zu einem Aufzug an dessen Ende. Ich mußte mich sputen, um mithalten zu können, und war außer Atem, als wir in den obersten Stock fuhren. Die Krankenschwester sah mich mit lachenden Augen an.

Nach einer erneut raschen Fahrt hatten wir endlich das Büro der Oberin erreicht. Die Krankenschwester ließ uns allein, und die alte Nonne zerrte mit erstaunlicher Kraft an den Rädern ihres Rollstuhls und drehte ihn mir zu.

›Also, junger Mann‹ , sagte sie, ›erklären Sie mir, weshalb Sie hier sind!‹

›Das ist schwer zu sagen.‹

›Versuchen Sie es. Es kann um keine Erbschaft gehen, denn Hildemarga Laux besaß nichts, und auch ist sie beinahe zwanzig Jahre tot. Ich warne Sie, versuchen Sie nicht, mich für dumm zu verkaufen!‹

Sie sah mich an mit blitzenden Augen, die wohl schon manche Mitschwester eingeschüchtert haben mochten.

›Sie haben recht, ich habe ein wenig geflunkert‹, gab ich zu. ›Aber es geht mir wirklich um die genannte Schwester. Und um drei andere.‹

Ich nannte ihre Namen.

Wenn es überhaupt möglich war, kniff die Oberin ihren schmalen Mund noch mehr zusammen. ›Ich erinnere mich nicht an sie‹, sagte sie mit schneidender Stimme. ›Ich kann Ihnen da nicht weiterhelfen. Wenn dies Ihr einziges Anliegen war, bitte ich Sie, mich jetzt zu entschuldigen, denn ich habe noch einiges zu tun.‹ Sie drehte sich von mir weg und wandte mir den Rücken zu.

›Warum sind alle vier am gleichen Tag gestorben?‹ fragte ich. Es war ein Versuch, sie aus der Reserve zu locken.

Sie blieb abgewandt und sagte: ›Das ist alles lange her. Es war ein Unfall. Ein schlimmer Unfall. An die Einzelheiten erinnere ich mich nicht mehr.‹

›Warum wurden sie in Köln begraben?‹

›Ein Verwandter von Hildemarga hatte auf dem dortigen Friedhof Melaten, auf dem Ehrenfelder Teil, eine Grabstätte und erbot sich, sie dorthin betten zu lassen.‹

›Warum? War hier kein Platz mehr?‹

Ich kam mir unverschämt vor, denn ich gewahrte immer deutlicher, daß ich kein Recht hatte, in diesen Angelegenheiten herumzuschnüffeln. Ich wünschte mich tausend Kilometer weit weg. Doch ich war hier, und ich mußte es durchfechten. Dies war das am wenigsten angenehme Gespräch, das mir meine Neugier bisher eingebrockt hatte. Wenn ich nun die belanglose Wahrheit sagte, erführe ich sicherlich nichts mehr, dachte ich. Also log ich weiter. Bitte glauben Sie nicht, daß ich immer so vorgehe.«

Ich wehrte ab.

»Nein, es ist wirklich nicht meine Art«, entschuldigte sich Schwartz. »Aber nun hatte ich mich so weit in die Geschichte verstrickt, daß ich nicht mehr aufhören konnte – und wollte. Daher gab ich vor, ein Privatdetektiv zu sein, der von einem Angehörigen einer der Schwestern engagiert worden sei, um die Umstände ihres Todes klären zu lassen.

›Nach so langer Zeit?‹ fragte die Oberin ungläubig.

›Was hinterließen dic Schwestern?‹ fragte ich.

›Wozu soll diese Frage gut sein?‹ fragte sie. ›Aber ich kann Ihnen gern sagen, daß es herzlich wenig gewesen ist. Denn wie Sie sich vorstellen können, besitzen Ordensschwestern aufgrund des Armutsgelübdes keine Reichtümer. Wenn ich mich recht entsinne, hatten zwei von ihnen ein Röhrenradio, so einen großen Kasten. Ich hatte es ihnen erlaubt, aber ich selbst mag diese Dinger nicht.‹

Die karge Einrichtung ihres Büros mit Schreibtisch, Stuhl, Schrank und einem schlichten Kreuz an der Wand war sozusagen ein Ausrufezeichen hinter dieser Aussage. Hier wäre es selbst im Hochsommer kalt. Allerdings versuchte ich mir vorzustellen, wo sie sich die Videos anschaute.

›Und sonst gab es nichts?‹ fragte ich. ›Keine schriftlichen Aufzeichnungen, keine Tagebücher?‹

Es wäre eine Möglichkeit gewesen, an Informationen heranzukommen.

Die Oberin antwortete verbiestert: ›Warum sollen Nonnen ein Tagebuch führen? Glauben Sie, hier geschieht etwas, das es wert wäre, festgehalten zu werden?‹

Bedauerte sie etwa ihr Gelübde? War sie deshalb so schlecht gelaunt? Mußte sie deshalb das Leben, das sie zu versäumen glaubte, in Videos nachholen?

›Erlauben Sie mir eine letzte Frage‹, sagte ich. ›Können Sie mir die Adresse des Verwandten geben, der die vier Nonnen damals in Köln beerdigen ließ?‹

›Das finde ich aber seltsam‹, sagte die Oberin spitz. ›Haben Sie nicht vorhin gesagt, daß er oder einer seiner Angehörigen Sie beauftragt hat?‹

›Ja, schon, so ähnlich. Doch es sind – seltsame Familienverhältnisse. Ich soll nicht nur über die vier

Schwestern etwas herausfinden, sondern auch über denjenigen, der ihnen das Grab überlassen hat. Näheres darf ich mit Rücksicht auf meinen Klienten nicht sagen.‹

Die Oberin seufzte: ›Wenn ich Sie damit loswerden kann … Na schön.‹ Sie rollte zum Schreibtisch, telefonierte kurz, und schon nach wenigen Minuten, die wir in eisigem Schweigen verbrachten, erschien eine Krankenschwester mit einer dünnen Mappe unter dem Arm. Sie reichte sie der Oberin und verließ den Raum.

Die Oberin blätterte mit dürren Fingern darin, und bald hatte sie den Namen gefunden: ›Heinrich Laux.‹ Sie nannte mir die Adresse, es war eine Straße im Stadtteil Ehrenfeld, nicht weit von hier, wo wir nun sitzen.

Dann verabschiedete ich mich von der Oberin, und ich war froh, als ich wieder in der warmen Luft des Lindenplatzes stand. Beinahe war mir der Spaß an der Lösung des Rätsels vergangen, und in der Tat hatte ich kaum eine Chance, das Schicksal der vier Nonnen aufzuklären.

Es war erst Mittag. Ich aß im EINSTEIN und beobachtete dabei die Pforte des Konvents. Doch außer einigen alten Leuten, die im Rollstuhl oder an der Hand einer Krankenschwester hinausgeführt wurden, ereignete sich nichts. Das Essen war durchschnittlich, und mißmutig fuhr ich mit dem nächsten Zug nach Köln zurück.«

Benno kamen Bedenken, ob es statthaft sei, real existierende Namen zu benutzen. Konnten die Angehörigen etwas dagegen haben? Warum machst du dir darüber Sorgen? Wenn du es willst, kannst du jeden, den du kennst, jeden, der im Telefonbuch steht, auf dem Papier ermorden. Also stell dich nicht so an! Solange es aus deinen Händen nicht in die Öffentlichkeit gelangt, ist es völlig gleichgültig. Aber warum lag ihm so sehr an Realismen, wenn nur er allein sie nachvollziehen konnte und wollte? Wollte denn nur er? Wollte er nicht vielmehr, daß er ein berühmter Schriftsteller würde und endlich seinen verhaßten Beruf aufgeben konnte? Unsinn. Vielleicht war er gut genug, doch er kannte niemanden, der ihm helfen konnte, und als Neuling hatte er sicherlich bei den Verlagen keine Chance. Es war aber verlockend, sich vorzustellen, daß man von dem Verkauf der Geschichten lebte. Andererseits: Tausende würden das lesen, was er nur für sich selbst schrieb. Abgesehen davon, daß sie es nie verstünden, wäre es schrecklich, seine innere Welt vor der äußeren Welt ausgebreitet zu sehen. Was ist denn daran meine innere Welt? Es sind doch nur Gedankenspiele, die nichts damit zu tun haben, was ich erlebt habe. Es gibt keine Berührungspunkte, es ist alles abgehoben.

Und mehrere Tage später kam Herr Bandmann mit einem Grinsen ins Büro. Er grinste und grinste, sagte aber nichts. Nun sollte Benno wohl nach dem Grund dieses dümmlichen Grinsens fragen, doch diese Genugtuung wollte er seinem Kollegen nicht geben. Benno schwieg angestrengt.

»Sie haben es verdient«, sagte Bandmann schließlich geheimnisvoll.

»Was habe ich denn verdient?« fragte Benno vorsichtig.

»Sie haben das Glückslos gezogen, mein Lieber. Sie wissen gar nicht, wie gut Sie es haben. Ich habe Ihnen ja schon immer gesagt, wie sehr ich Ihre Geschichten schätze. Und Sie müssen wissen, daß ich einen großen Bekanntenkreis habe.«

Benno erschrak. »Haben Sie etwa alles herumgezeigt?«

»Nein, nein, natürlich nicht, das hätte ich mir nie erlaubt. Aber ich habe es jemandem gegeben, von dem ich weiß, daß einer seiner Freunde mit einem Verleger in Bonn bekannt ist. Was sagen Sie nun?«

Was sollte Benno dazu sagen?

Herr Bandmann schwärmte weiter: »Dieser Bekannte, also der erste, hat die Geschichten auch gelesen, aber er fand sie langweilig. Kann ich ihm nicht verdenken, denn er ist ein sehr prosaischer Mensch. Und was sein Freund davon hält, weiß ich nicht. Aber sie beide hatten halt meinen strikten Auftrag. Und stellen Sie sich vor: Der Verleger hat sich die Sachen durchgelesen.«

»Na und?« Benno wurde nervös; er spürte, wie seine Hände naß wurden.

Herr Bandmann holte tief Luft, so als wolle er mit seinem nächsten Satz alle Kerzen einer Geburtstagstorte auf einen Schlag ausblasen. »Er will Sie sehen.«

Für einen Augenblick gaukelten Bilder durch Bennos Gedanken, Bilder, wie er sie schon einmal flüchtig gesehen hatte, wenn er ehrlich zu sich selbst war. Bilder vom Ruhm.

Herr Bandmann sprach weiter: »Da er Ihre Adresse nicht kennt, hat er dem Freund meines Bekannten einen Terminvorschlag unterbreitet, und so ging das dann zurück zu mir. Also, er will Sie am nächsten Dienstag um zehn Uhr sehen. Ist das nicht toll?«

»Dazu müßte ich mir freinehmen.« Benno wußte nicht, wie er mit dieser neuen Situation umgehen sollte. »Ich weiß nicht, ob das eine gute Idee ist.«

»Werfen Sie diese einmalige Chance nicht einfach fort! Gehen Sie hin!«

Für den Rest des Tages hatte Benno etwas, worüber er grübeln konnte. Am Abend war er nicht einmal dazu in der Lage, an seiner Nonnengeschichte weiter zu schreiben. Er war verwirrt. Bot sich hier wirklich eine Gelegenheit, aus seinem Lebensloch herauszukommen? Er sah Lesungen vor sich, eine große Menschenmenge, Fans, die ein Autogramm von ihm haben wollten, wunderschöne Frauen, die ihn anhimmelten und nur auf ein Wort von ihm, dem Meister, warteten, und sie würden alles für ihn tun, alles. Bandmann hatte recht. Er sollte es wenigstens versuchen.

Und bis zum Dienstag träumte er Träume, die er nie zuvor geträumt hatte. Er vernachlässigte seine schriftstellerische Arbeit, sie interessierte ihn nicht mehr. Er sah das Ziel vor sich, und sein Ziel war es die ganze Zeit über gewesen, das wußte er nun. Das verwirrte ihn.

Und es ward Dienstag. Er fuhr mit dem Zug nach Bonn, hatte sich von Bandmann die Adresse geben lassen, fand sie schnell – und war enttäuscht. Sicher, er stand vor einem riesigen blendendweißen Gründerzeithaus, das eine stille Eleganz ausstrahlte. Doch es war nicht das Verlagshaus. Die Klingel des Verlages war nur eine unter vielen, und das handgeschriebene Schildchen verhieß nichts Gutes. Was hatte er davon, sich mit einem kleinen Krauter einzulassen? Als er den Namen des Verlages aus Bandmanns Mund hatte fallen hören, war er ihm vage bekannt vorgekommen, doch er mußte sich getäuscht haben. Benno nahm sich zusammen und klingelte.

Es dauerte eine Weile, bis aufgedrückt wurde. Benno stieg eine lange, knarrende Holztreppe hoch, erster Stock, zweiter Stock. Da hinten, am Ende des Ganges, stand jemand. Benno konnte nur die Silhouette erkennen. Sie war nicht hoch, aber breit. Er ging mit gemischten Gefühlen auf sie zu, und plötzlich fühlte er sich wie einer der Helden in seinen Erzählungen, der sich anschickt, dem Grauen zu begegnen. Was erwartete ihn da vorn? Er kam näher, das Zwielicht löste sich auf, und nun stand er vor einem bärtigen, nicht sehr großen Mann, dessen weiter Pullover eine gewisse Körperfülle nicht verbergen konnte. Das fand Benno sympathisch. Wenigstens stand er keinem der modernen Leibfeinde gegenüber. Das Gesicht des Mannes war offen, hinter einer runden, unmodernen Nickelbrille saßen wache, freundliche, aber auch ein wenig spöttische Augen. Sein Haar fiel bis auf die Schultern. Es war unmöglich, das Alter der Gestalt zu schätzen. Es mochte fünfundzwanzig oder auch fünfundvierzig Jahre betragen. Der Mann streckte die Rechte aus, und Benno ergriff sie. »Benno Durst, wie ich annehme«, sagte der Verleger mit näselnder Stimme. »Kommen Sie doch rein.«

Keine Vorzimmerdame, keine Sekretärin? Vielleicht hatte sie sich freigenommen. Als Benno aber hinter dem Verleger in ein etwa zehn oder zwölf Quadratmeter kleines Zimmerchen trat, wurde er ernüchtert. Hier standen Regale, ein Arbeitstisch mit einem großen Computer darauf, eine spanische Wand, hinter der ein Kühlschrank brummte, und in einer Ecke hockte ein zweisitziges Sofa, auf das Benno sich niederzusetzen geheißen wurde. Es war hart und unbequem. Benno starrte abwechselnd auf den stark fleckigen Boden, die Regale und die Schränke, die den Raum fast erdrückten, und auf sein wunderliches Gegenüber. Dieses grinste. »Es ist nicht allzu fein hier, aber dafür sind meine Bücher gut.« Er stand auf und reichte Benno einen Band. Er war in englischer Broschur schwarz gebunden, besaß ein Titelbild von Escher, einen Baum, und darüber stand in keltischer Unzialschrift: »Michael Siefener. Bildwelten.« Der Verleger sagte: »Nur damit Sie sehen, was ich so mache. Ich bringe manchmal Phantastik heraus, wenn sie mir gefällt, aber das ist selten.« Er sah Benno provozierend an. Dann ließ er sich lang und breit über die Stärken und Schwächen der phantastischen Literatur aus. Wenn Benno etwas sagen wollte, fiel ihm der Verleger ins Wort, und schließlich sagte Benno gar nichts mehr. Er hätte es sich ja denken können. Warum sollte von Herrn Bandmann etwas Gutes und Sinnvolles kommen? Wäre es überhaupt erstrebenswert, ein Buch in diesem winzigen Verlag zu veröffentlichen? Wer war dieser Siefener? Nie gehört. Während der Verleger dozierte, blätterte Benno in dem Bändchen. Nun, da gab es offensichtlich Gemeinsamkeiten, doch der Autor erreichte nicht die Tiefe, die Benno in seinen eigenen Werken besaß. Wann kam der Buchmacher endlich zum Thema?

Als er einmal Luft holte, bohrte sich Benno dazwischen: »Und was halten Sie von meinen Geschichten?

Ein Arbeitskollege von mir sagte, daß Sie mich deswegen sprechen wollten.«

»Das ist richtig, aber lassen Sie mich doch erst einmal Grundsätzliches sagen.«

Und er redete weiter.

Endlich stand der Verleger auf und holte einen Stapel Kopien aus dem Schrank. Benno erkannte sogleich die Type seiner Schreibmaschine, einer 1955er Torpedo. Es war ein Erbstück seiner Eltern. Er hielt nichts von Computern, mußte sich im Büro schon genug von ihnen ärgern lassen.

»Hier sind also Ihre Werke. Ich muß sagen, daß ich selten interessantere, persönlichere gelesen habe.«

Persönlichere? Was stand denn da über den Autor selbst drin? Es waren nur Phantasieprodukte. Konnte der Verleger nicht einmal lesen?

Dieser sagte: »Vordergründig sind Ihre Erzählungen phantastisch.«

Darauf wäre Benno nie gekommen! Schwafelheini!

»Und wenn man sie so liest, sind sie abgrundtief – schlecht.« Der Verleger grinste, er war sich der Wirkung seiner Rede nur zu deutlich bewußt.

Benno antwortete nichts darauf. Eine solche Kritik hatte er nicht erwartet. Er fragte enttäuscht: »Warum bin ich dann eigentlich hier? Haben Sie mich denn nicht kommen lassen, um über meine Geschichten und eine Veröffentlichung zu reden?«

»Über Ihre Geschichten – ja. Aber so, wie sie da stehen, werde ich sie natürlich nicht veröffentlichen. Abgesehen von den vielen Ausdrucksfehlern, dem mitunter schlechten Timing und den ausgelutschten Themen geben sie für den Durchschnittsleser einfach nichts her. Vergessen Sie den ganzen Phantastenquatsch!«

Benno wurde wütend, und er redete lauter, als es schicklich war: »Das ist schließlich mein eigener Quatsch, und ich bestimme selbst, was ich schreibe!«

»Natürlich bestimmen Sie das selbst. Aber haben Sie sich schon einmal gefragt, warum Sie Phantastik schreiben?«

»Welch eine Frage! Weil in diesen Bereichen meine Phantasie am ergiebigsten ist, weil ich das mag!«

»Warum ist das so?«

»Warum, warum! Da gibt es kein Warum!«

»Doch, das gibt es, und ich will, daß Sie es mir sagen, und wenn Sie selbst es nicht wissen, dann sollten Sie es lernen.«

»Ich verstehe Sie nicht!«

»Also, bevor's hier emotional wird: Möchten Sie 'ne Cola?«

Benno nickte, so konnte er sich wenigstens an etwas festhalten.

Der Verleger stand auf, schob den Paravent zur Seite, holte zwei Dosen, eine für sich selbst, und sie nahmen einen tiefen Schluck. »Das kühlt ab«, sagte er und grinste wieder. »Nun mal im Ernst. Sie glauben doch nicht, daß Sie jetzt hier säßen, wenn ich kein Interesse an Ihnen hätte. Aber mein Interesse ist anders, als Sie vielleicht glauben mögen. Ich habe Ihnen schon gesagt, daß Ihre Geschichten als solche keinen Wert haben.«

Na los, komm schon, mach mich fertig, gib mir den Todesstoß, zieh mir doch die Welt unter den Füßen weg! dachte Benno. Aber er erwiderte nichts mehr.

Der Verleger dozierte weiter: »Allerdings steckt in Ihrem Werk einiges, das beweist, daß Sie in der Tat großes Talent haben, vielleicht sogar ein Genie sind. Sie haben nur Ihre Themen noch nicht gefunden. Da wimmelt es von finsteren Schlünden, dunklen Gängen, Tunneln, in denen wurmartig Monströses lauert, und so weiter. Das können Sie alles vergessen.«

›Meine neue Geschichte ist schon anders‹, wollte Benno sagen. Er kam nicht dazu.

»Zwischen diesen Abgründen blitzt immer wieder etwas auf. Sie können sich selbst nicht ganz verbergen. Vor sich selbst, vielleicht, nicht aber vor dem geschulten Leser. In Ihnen gärt es, ich weiß nicht, was es ist, aber Sie berichten viel von sich, immer an Stellen, die für den Fortgang der Handlung völlig belanglos sind.«

»Was soll denn das sein?« fragte Benno resignierend.

»Das kann doch ich Ihnen nicht sagen. Das müssen Sie selbst wissen. Nur Sie selbst kennen sich. Offenbar aber nicht gut genug. Fangen wir einfach mal an: Warum schreiben Sie Horror?«

»Das haben Sie schon einmal gefragt.«

»Und Sie haben mir keine befriedigende Antwort gegeben.«

»Warum interessiert Sie das alles?«

»Weil ich aus Ihnen einen hervorragenden Schriftsteller machen möchte. Sie haben das Zeug dazu. Ihr Talent muß nur geschult werden. Deswegen, und nur deswegen sind Sie hier.«

Benno erhob sich. Wenn das so war, brauchte er diese Tortur nicht länger über sich ergehen zu lassen.

»Bleiben Sie! Ich will Ihnen etwas sagen. Sie laufen vor der Realität, vor sich selbst davon.«

Benno setzte sich wieder. »Bin ich überhaupt real?« fragte er. Es war mehr ein Selbstgespräch.

»Wahrscheinlich sind Sie nicht das, was Sie zu sein vorgeben. Aber das ist bei jedem so. Ich wette, die

Geschichten sind die Flucht in eine Kindheit. War Ihre erste Leseerfahrung eine Geistergeschichte? Ich könnte wetten, daß es so war. Die erste Leseerfahrung ist die wichtigste. Und Ihr unsinniges Festhalten an jenen Formen der Phantastik rührt genau daher. Es ist der Versuch einer Rückkehr in die Kindertage. Wenn Sie Ihre Geschichten ausspinnen, werden Sie unbewußt an Ihre Kindheit erinnert, und die Geschichten helfen Ihnen, sich zurück zu orientieren. Leugnen Sie es nicht!«

»Natürlich leugne ich es!«

»Wenn Sie sich die Mühe machen, nur das zu sagen, was Sie sagen wollen, werden Sie wahrscheinlich ziemlich gut werden. Doch Sie müssen sich von dem Horror-Ballast befreien. Und wenn Sie bemerken sollten, daß dann von Ihren Geschichten nicht viel übrig bleibt, so werfen Sie sie weg. In Ihren Erzählungen habe ich allerdings einiges gefunden. Da ist zum Beispiel *Das Grauen im Schacht*, das ist klassisch für Sie. Jemand sucht nach etwas, es tut sich ein Rätsel auf, dieses wird gelöst, und am Ende steht eine Katastrophe. Das ist infantil, wenn man es wörtlich nimmt. Doch mir fällt auf, daß Sie oft Rätsel benutzen.«

Wie in der neuen Geschichte, fuhr es Benno durch den Kopf. Ja, das stimmte wirklich. Als Junge hatte er sich immer gewünscht, ein Rätsel zu finden und ein Abenteuer zu bestehen. Als Junge … Er ließ den Verleger weiterreden.

»Und ich habe den Eindruck, daß Sie selbst das Rätsel sind.« Er sprach die Worte breit, im Bewußtsein seines Esprits. »Sie suchen nach sich selbst oder nach etwas in Ihnen. Machen Sie diese Suche zum Thema Ihrer Erzählungen. Ob das Sie zum gefeierten Star der modernen deutschen Literatur macht, mag ich nicht vorauszusehen. Auf jeden Fall aber käme es der Qualität Ihres Werkes zugute, wenn Sie dabei auf eine Nabelschau in der Manier von Handke und Botho Strauß verzichten. Nur wenige Autoren können mit so etwas richtig umgehen. Ich denke, Sie gehören zu diesen wenigen. Horchen Sie in sich selbst hinein, und sollten Sie dabei feststellen, daß da nichts ist, daß es keine Lösung des Rätsels gibt – nun ja. Aber sogar das kann für den Leser faszinierend sein. Verlegen Sie sich auf die psychische Seite Ihrer Kunst. Dann können Sie alle dunklen Gänge fortlassen und sich darauf konzentrieren, worum es Ihnen in Wirklichkeit immer geht und gegangen ist. Das war es, was ich Ihnen ans Herz legen wollte.«

Benno war verwirrt. Nun gut, dann würde es eben kein Buch von ihm geben. Das wäre auch besser so.

»Mir ist noch mehr aufgefallen. Frauen kommen bei Ihnen entweder gar nicht vor oder schlecht weg. Überhaupt zeichnen sich Ihre Helden durch eine ungeheure Kontaktarmut aus.«

»Wollen Sie mich nun auch noch beleidigen?«

»Verstehen Sie mich doch richtig! In Ihnen ist der Eiseshauch der Einsamkeit. Warum bearbeiten Sie das nicht literarisch? Die Vereinsamung des Individuums in der modernen Welt. Das gibt es zwar schon zuhauf, aber wenn gerade Sie sich dieses Themas annähmen, wären wahrhaft phantastische Ergebnisse zu erwarten, weil das bei Ihnen nicht bloße Attitüde ist, sondern hautnah erlebte Wirklichkeit. Und lassen Sie das mit den banalen Rätseln, solange Sie Ihr größtes Rätsel, nämlich sich selbst, noch nicht gelöst haben.«

Nun war es aber genug! Benno stand auf, sagte in sarkastischem Ton: »Ich danke Ihnen für dieses interessante und aufschlußreiche Gespräch.« Dann ging er zur Tür.

Der Verleger machte sich nicht die Mühe aufzustehen, sondern sagte hinter ihm her: »Bedenken Sie das, was ich Ihnen gesagt habe. Sie könnten großartige Leistungen erbringen, möglicherweise gar geniale. Doch Sie brauchen Klarheit über Ihre Motivationen und vor allem über sich selbst.«

Dann war Benno aus der Tür getreten.

Im dunklen Treppenhaus war er den Tränen nahe. So hatte ihn schon lange niemand mehr fertiggemacht! Seit Kindertagen nicht mehr. Seit Schultagen. Die Situation erinnerte ihn an die Kämpfe mit Justus, seinem ärgsten Feind. Er war weitaus intelligenter und agiler als Benno gewesen, der gegen einen solchen Widersacher nie eine Chance gehabt hatte, und er hatte Benno das Leben zur Hölle gemacht. Benno war ein bereitwilliges Opfer gewesen, er bot sich förmlich an, da er sich nicht wehren konnte, weder körperlich noch rhetorisch. Die Bilder kamen wie eine Sturzflut. Justus über dem am Boden liegenden Benno, Justus mit einigen Kumpanen, wie sie Benno in der Toilette einsperrten und ihn dann als Schwänzenden anschwärzten. Niemand hatte ihm geglaubt. Und dann das hämisch grinsende Gesicht von Justus, als er Benno endlich gönnerhaft wieder befreite ... Und all die Hänseleien. Aber das war vorbei, und es hatte keinen Einfluß mehr auf sein Leben. Er hatte sich freigeschwommen. Die schönen Erinnerungen überwogen. Seine Eltern. Seine Bücher. Er stieg gedankenverloren die Treppe hinab und bemerkte erst unten, wie schäbig sie war. Die Wände bröckelten, die Tünche blätterte ab und legte den Putz frei. Ein Bild schoß durch Bennos Kopf: Es war ein verwesendes Gebäude, ein lebendes, atmendes, seine Bewohner verschlingendes Haus. Daraus könnte man etwas machen, er sollte es sich überlegen. Dann hätte dieser zeitverschwendende Besuch wenigstens einen Sinn gehabt.

»Warum soll ich mich von einem solchen Waldschrat fertigmachen lassen? Nun gebe ich erst recht nicht auf. Alle großen Schriftsteller sind zu Lebzeiten unbekannt gewesen: Kafka, Arno Schmidt und so viele andere kannten keinen finanziellen Erfolg. Warum soll ich da eine Ausnahme sein? Ich werde es euch allen zeigen, eines Tages ...«

Eine Wohnungstür öffnete sich, und ein alter Mann schaute Benno verwundert an. Benno wurde rot, biß sich auf die Zunge, so stark, daß er den Geschmack von Blut spürte. Schnell sprang er die wenigen Stufen bis zum Eingangsflur hinab, riß die Haustür auf und trat nach draußen in die Stadt.

Er fuhr unverzüglich nach Köln zurück. Im Zug ärgerte er sich weiter über die Unverschämtheit des Verlegers. Der hatte über die dunklen Gänge geschimpft, eines von Bennos Lieblingsmotiven. Nun gut, hier und da hatte er ihnen Ausdruck verliehen, aber was der Verleger daraus lesen wollte, war absurd. Als hätte Benno in diese Motive Dinge hineingelegt, die eines völlig anderen Ursprungs waren. Das war unrichtig. Hier ging es nur um seine Phantasie; wahrscheinlich hatte der Verleger nicht genug davon, oder er schrieb vielleicht selbst und beneidete Benno um seine Originalität. So oder so ähnlich war es bestimmt!

Der Zug hielt.

Zu Hause setzte sich Benno vor die neue Geschichte.

»Ich will es ihm zeigen. Keine dunklen Gänge! Ich

werde ihm die Erzählung unter die Nase halten, und daran werden seine begnadeten Interpretationskräfte erlahmen! Er wird sie einfach veröffentlichen müssen!«

Mißmutig blätterte Benno in dem bereits Geschriebenen. Was sollte daran eine Rückkehr in die Vergangenheit sein? Und da fiel Benno etwas ein. Mit den Nonnen verband er plötzlich eine Erinnerung. Es war erstaunlich, daß ihm dies bisher nicht aufgefallen war, denn es war eine schöne Erinnerung. Er träumte sich zurück.

Zurück in seine Kindheit. Es war Sonntag, und soeben hatten sie am reichgedeckten Tisch gesessen und gefrühstückt, sein Vater, seine Mutter und er. Er stand auf, reckte sich, seine wohlige Schläfrigkeit war noch nicht ganz verschwunden. Seine Mutter räumte das Geschirr ab, begann zu spülen, und Benno schaute zu. Danach zog sie sich um, und auch Benno durfte seinen Sonntagsanzug anlegen, in dem er sich wie ein Erwachsener vorkam. Eine Verheißung. Als sie vor die Tür traten, läuteten schon die Glocken der nahen St. Anna-Kirche. Vor ihnen gingen alte Damen in schweren Pelzen, obwohl es gar nicht kalt war. Die Kirche umfing sie mit angenehmem Dämmer. Sie setzten sich in eine Bank im Seitenschiff, seine Mutter und er. Vater hielt nichts von der Kirche, er war daheim geblieben. Und vorn, in der ersten Bank, saßen immer einige Nonnen aus dem nahen *Franziskus-Hospital.* Er erinnerte sich, es waren vier gewesen. Dann zogen die Priester und die Meßdiener ein, das Weihrauchfaß schwenkend. Hochamt. Er roch den Weihrauchduft in der Erinnerung. Die folgende Stunde war er allein mit sich, eingehüllt in den Weihrauch, in die Gesänge, in die Gebete. Er war nicht mehr er selbst, stand neben sich und sah auf sich hinab. Es war eine wundervolle Empfindung. Die schönste Empfindung seiner Kindheit.

Sie zerriß.

Darum Nonnen? Hatte er unbewußt an diese Stunden anknüpfen und die Gefühle zurückholen wollen, die ihm damals das Wertvollste waren, das er besaß – noch vor den Empfindungen, die die Bücher auslösen konnten? Es war zumindest eine interessante Idee.

Weiter!

Der Friedhof Melaten. Nun, da gab es kein Rätsel. Es war die Zeit seines Studiums gewesen, es wunderte ihn ein wenig, daß er gern dort war, denn das Studium war gräßlich gewesen. Nie zuvor hatte er sich so allein gefühlt wie damals. Es war nicht positiv. Und daher war die Theorie falsch.

Und die erste Leseerfahrung? Es war die Phantastik gewesen, aber das wußte er, er hatte schon oft daran gedacht. Seine Welt war größer geworden, hatte alle Begrenzungen verloren durch diese Geschichten. Und es war nachvollziehbar, daß er diese Grenzen, die sich langsam wiedergebildet hatten, erneut einreißen wollte.

Immer wieder blätterte er in der unfertigen Geschichte. Nun gefiel sie ihm nicht mehr, er war unsicher geworden. Er legte sie in die Schublade, wollte zumindest heute nicht weiter daran schreiben. Der Verleger hatte ihm den Spaß daran gründlich verdorben.

Am nächsten Morgen fragte Herr Bandmann mit hündischem Grinsen, wie der Termin mit dem Verleger ausgegangen sei.

»Vergessen Sie's«, sagte Benno.

Und als Herr Bandmann in ihn dringen und Einzelheiten erfahren wollte, schwieg Benno beharrlich. Endlich gab sein Kollege Ruhe.

Gern hätte Benno sein Abendmahl auf Melaten zu sich genommen und die goldenen Strahlen der untergehenden Sonne gespürt, die durch die mächtigen Kronen der Platanen und Buchen gefiltert wurden. Doch seit dem Nachmittag regnete es, und da blieb ihm nichts anderes übrig, als in seine Wohnung zurückzukehren. Es war kalt geworden, kalt und ungemütlich. Benno drehte die Heizung auf. Er starrte die Wände an. Sollte er doch noch hinausgehen? Es war zu naß. Er überlegte, ob er jemanden anrufen konnte. Da entschied er sich für Jürgen, einen der wenigen Bekannten aus der Zeit kurz vor dem Abitur. Mit ihm hatte er gelegentlich in einem Café gesessen und über Gott und die Welt philosophiert. Natürlich hatte es damals auch ein paar Mädchen gegeben, aber da er von einem Jungengymnasium gekommen war, hatte er keine Erfahrung mit ihnen gehabt und sich linkisch benommen. So hatte er sie ziemlich schnell aus dem Auge verloren. Geblieben waren nur die paar Bekannten, und auch nur deshalb, weil es meist Benno war, der sich mit einer gewissen Regelmäßigkeit bei ihnen meldete. Manchmal kam es zu einer Verabredung, in der Regel aber nicht.

Jürgen war sehr kurz angebunden. Er freue sich, von Benno mal wieder zu hören, aber im Augenblick komme es nicht gelegen, weil er der kleinen Sabrina die Windeln wechseln müsse. Seine Frau sei zu ihrem Bewußtseinserweiterungsabend gegangen. Nein, auch am nächsten Tag sei's nicht günstig, da habe seine Frau ihren Vollwertkochkurs. Später vielleicht ... Er werde zurückrufen, alles Gute, bis dann.

Benno warf den Hörer auf die Gabel.

Er wollte sich wieder seiner Geschichte widmen, brachte aber kein Wort zu Papier. Dieser verfluchte Verleger! Was hatte Benno davon, daß er nun um die Beziehung seiner Phantasien zu den glücklichen Erinnerungen an seine Kindheit wußte?

Und was ist mit den Rätseln, dem Suchen, den Jagden? fragte er sich.

Was sollte schon damit sein? Er liebte Rätsel, auch sie erinnerten ihn. Damals hatte er oft mit einem seiner Vettern Rätsel entworfen, Spuren ausgelegt, die der andere finden mußte, und es war immer Benno gewesen, der die raffinierteren Rätsel erdacht hatte. Die Spuren führten von beschriebenen Papierschnipseln zu Anstreichungen in Büchern, die einen Satz ergaben, manchmal auch verschlüsselt waren, zu dem Auffinden von seltsamen Objekten, die nur in einer bestimmten Richtung gedeutet werden konnten und schließlich zu der verzwickten Lösung. Aber es war langweilig, wenn sein Vetter immer nur bis zur zweiten oder dritten Stufe kam und Benno daraufhin die Fortsetzungen erklären mußte. Ihm wäre es lieber gewesen, der Vetter hätte Bennos Gewitzheit erkannt und zu würdigen gewußt. Also waren auch die Rätsel Reminiszenzen. Nun gut, dann lag in dieser Geschichte – und vielleicht auch in den anderen – etwas von ihm selbst aus seiner Vergangenheit. Er hatte es nicht gewußt. Doch weshalb sollte es wichtig sein? Wenn er seine Kindheitserinnerungen beschriebe, wäre dies bloß langweilig, denn der Leser würde sich zum Teil selbst darin erkennen und deshalb nichts Neues entdecken, und den Rest würde er gar nicht verstehen.

Welcher Leser denn? Zur Hölle mit dem Verleger!

Zur Hölle mit allen! Er holte seine Geschichte wieder hervor. Wenn niemand ihm Gesellschaft leisten wollte, mußte er eben selbst für Gesellschaft sorgen. Er kroch in die Empfindungen der Erzählung zurück. Ja, so war es gut. Sie hüllte ihn ein und versprach ihm Zerstreuung. Wo war er stehengeblieben? Ach ja: Der Held befand sich auf dem Weg von Aachen zurück nach Köln, saß im Zug und hatte die Adresse eines Verwandten der Schwester Hildemarga als einziges Ergebnis seiner Fahrt erhalten.

Die Jagd konnte fortgesetzt werden.

Die Jagd wonach? wisperte es in seinen Gedanken.

»Nun war ich so klug wie zuvor. Die Oberin hatte nicht reden wollen. Es sei ein Unfall gewesen! Ich fragte mich, ob es dabei wohl mit rechten Dingen zugegangen war.

Sollte ich die Suche abbrechen?

Was hatte ich schließlich zu erwarten?

Doch die Widerspenstigkeit der Oberin hatte meine Neugier nur noch stärker angefacht. Zumindest hatte ich den richtigen Konvent gefunden.

Der Zug fuhr vorbei an Eschweiler, Düren, Horrem, und je näher es auf Köln zuging, desto stärker wuchs in mir der Wille, das einmal Begonnene auch zu Ende zu führen, zumal ich nun den Namen des Verwandten besaß.

Vielleicht konnte er mir genauere Auskünfte geben.«

Im Telefonbuch gab es einige Eintragungen unter dem Namen Laux. Da ging es ihm wieder besser, die Geschichte kam in Gang.

Weshalb scherte er sich um andere? Weshalb sprach er überhaupt noch mit einem Menschen? Niemand wollte ihm etwas Gutes tun, niemand wollte ihm helfen. Er war auf sich allein angewiesen, und er würde es durchstehen. Alle großen Schriftsteller waren einsam gewesen, einsame Giganten, vor denen sich in späteren Zeiten die Menschen verneigten. Aber erst hatte man sie vorsorglich verhungern lassen!

Das Telefon klingelte. Zunächst hatte Benno es nicht wahrgenommen, er war tief in seinen Gedanken gewesen. Dann raffte er sich auf; das Telefon stand in der kleinen Diele, die nun völlig dunkel war, und er fand den Lichtschalter nicht sofort, war noch etwas benommen, und es klingelte weiter. Und Benno tastete sich zu dem Apparat. Er fand den Hörer, stieß ihn unbeholfen von der Gabel und hörte, wie er auf den kleinen Tisch polterte, auf dem das Telefon stand.

»Hallo, bist du es, Benno?« Eine laute, männliche Stimme.

Benno bekam den Hörer endlich zu fassen und sagte: »Ja?«

»Gregor hier. Ich wollte dich mal wieder anrufen. Schon lange her.«

»Stimmt.«

Gregor, ein Mitabiturient, war wohl der einzige

Mensch überhaupt, der Bennos Nähe gesucht hatte, indem er ihm nachlief. Benno hatte ihn nicht besonders gemocht. Weshalb meldete er sich gerade jetzt?

»Wollte nur mal hören, wie's dir geht.«

»Nett von dir.« Benno bemühte sich, höflich zu klingen. »Mir geht es gut, könnte nicht besser sein. Das hast du nicht erwartet, was?«

»Freut mich«, sagte Gregor. »Eigentlich gibt's nichts Neues ...«

Benno unterbrach ihn: »Warum rufst du dann an? Und nun entschuldige mich. Ich muß arbeiten.« Bevor Gregor noch etwas sagen konnte, hatte Benno schon aufgelegt.

Durch die Dunkelheit kroch er zurück zu seinem Schreibtisch. Ob auch Kafka von aufdringlichen Speichelleckern andauernd gestört worden war? Jedenfalls freute er sich, daß er entschlossen reagiert hatte. Nun wäre endlich Schluß mit der Schöntuerei, nur weil es sich so gehörte. Schade, daß ihm nicht jetzt, da er so gut in Fahrt war, der Verleger gegenübersaß. Der müßte sich warm anziehen!

Er nahm den Stift zur Hand und begann zu schreiben. Endlich ungestört. Jetzt kam der interessanteste Teil.

Die Suche.

Die Jagd.

»VOM BAHNHOF AUS FUHR ich sofort zu der angegebenen Adresse. Es war ein vierstöckiges neueres Wohnhaus, wie man es leider so oft in dieser Stadt findet: langweilig, abweisend und nach nur wenigen Jahren schon verwohnt und heruntergekommen. Ich suchte die Klingelschildchen ab, doch der Name *Laux* war nicht darunter. Entweder hatte die Oberin mir die falsche Adresse gegeben, oder Herr Laux war fortgezogen oder – verstorben.

Nun verlief meine Spur also endgültig im Sand. So ist es mir bei meinem ungewöhnlichen Hobby oft ergangen.

Lange stand ich unschlüssig vor der Haustür, und plötzlich öffnete sie sich. Eine junge Frau trat heraus, mit einem Kind an der Hand. Sie sah mich mißtrauisch an und fragte: ›Zu wem möchten Sie?‹

Zuerst war ich zu verdutzt, um antworten zu können. Doch sie ging nicht weiter, sondern wartete in der geöffneten Tür.

›Eigentlich wollte ich zu einem Herrn namens Heinrich Laux. Aber ich kann seinen Namen nicht finden.‹

Die Züge der jungen Frau entspannten sich. ›Ach so‹, sagte sie. ›Entschuldigen Sie, daß ich so unfreundlich war. Aber hier wurde in der letzten Zeit mehrfach eingebrochen, und da achten wir auf jeden Fremden. Herr Laux wohnt hier nicht mehr. Er ist vor einigen Monaten gestorben. Ich kannte ihn gut, er war mein Etagennachbar. Ein so freundlicher und stiller Mann. Er war Witwer, und ich habe ihm manche Besorgung gemacht. Es war ein Schock für uns alle. Er hatte eine Putzfrau, und die besaß einen Zweitschlüssel. Sie hat ihn gefunden, im Sessel, tot, mit einem Buch auf den Knien. Es war ein Gehirnschlag. Ganz schrecklich. Sind Sie ein Verwandter?‹

Ich verneinte, nannte natürlich nicht den Grund meines Besuchs, sondern fragte: ›Wissen Sie, wer Herrn Laux beerbt hat?‹

›Ich nehme an, sein Sohn. Er war oft hier, und Herr Laux hatte nur dieses eine Kind. Seine Frau ist schon vor vielen Jahren gestorben. Unter uns gesagt: Das war vielleicht eine zänkische Person! Daß er es bei ihr ausgehalten hat! Ich glaube, er war froh, dann endlich allein zu sein.‹

Was aber sollte mir der Sohn des Verstorbenen mitteilen? Die Spur wurde immer kälter, und eigentlich gab es keinen Grund mehr, sie noch weiter zu verfolgen. Doch das wollte ich nicht hier vor der Haustür entscheiden, und deshalb bat ich die junge Frau um die Adresse des Sohnes.

›Ich weiß sie nicht‹, sagte sie, ›aber Herr Laux sagte einmal, daß sein Sohn in Marienburg wohne. Er ist Anwalt und hat es wohl geschafft, wie man so sagt. Aber jetzt muß ich wirklich los. Wir können nun nicht länger hier herumstehen, wir haben noch viel zu erledigen. Es tut mir leid. Bitte entschuldigen Sie.‹

Ich dankte ihr für ihre Freundlichkeit und ließ sie vorbei. Die Tür, die sie die ganze Zeit über mit dem Absatz ihres rechten Schuhs offengehalten hatte, schlug nun mit Scheppern zu, es war, als hätte sich auch die Tür zur Lösung des Rätsels endgültig geschlossen.

Ich ging nach Hause.

Lange saß ich da und grübelte. Als die Dunkelheit kam, regte ich mich nicht, kein Licht sollte meinen Blick nach innen stören. Ich wollte nicht aufgeben, denn wenn ich nun nicht weitersuchte, wäre ich gezwungen, mich wieder mit mir selbst zu beschäftigen. Und alles war und ist mir lieber als dies. Endlich entschloß ich mich, einen weiteren Versuch zu unternehmen. Ich schaltete das Licht ein, es schuf nur Schatten, denen ich entfloh, indem ich das Telefonbuch nahm und unter ›Laux‹ nachschlug. Ich hatte ihn schnell gefunden. ›Laux, Dr. Helmut, Rechtsanwalt‹. Mit ihm würde ich sicher kein leichtes Spiel haben. Ich durfte mich nicht einschüchtern lassen. Ich nahm mir vor, gleich am folgenden Sonntag bei ihm vorzusprechen. Aber war das nicht eine Zeit, zu der es ungehörig wäre? Ich schaute auf die Uhr. Es war zu spät für einen Besuch. Aber nicht zu spät für einen Anruf. Ich nahm das Telefon und wählte.

Das Freizeichen ertönte. Es klingelte, klingelte. Schon wollte ich auflegen, als am anderen Ende eine Kinderstimme ›Hallo?‹ rief.

Ich stellte mich vor und wünschte den Herrn des Hauses zu sprechen. Es dauerte lange, bis eine männliche, unfreundliche Stimme ›Ja?‹ brummte.

Wieder nannte ich meinen Namen und fragte nach seinem Vater und dessen verwandtschaftlichem Verhältnis zu jener auf Melaten begrabenen Nonne.

›Warum wollen Sie das denn wissen?‹ grunzte er.

Ich sagte, es sei eine lange Geschichte, und fragte, ob ich ihn einmal besuchen dürfe oder er mich lieber aufsuchen wolle.

›Weder noch!‹ antwortete er gereizt. ›Sagen Sie mir erst, worum es geht!‹

Also erfand ich nochmals eine Geschichte. Ich sagte, ich sei Detektiv, und es gehe um recht merkwürdige Vorfälle hinsichtlich des Todes der vier Nonnen.

›Aber das ist doch alles längst vergessen‹, sagte Laux. ›Über diese alten Geschichten möchte ich nichts mehr hören.‹

›Natürlich, ich verstehe Sie‹, lenkte ich vorsichtig ein, ›doch da scheint es einige seltsame Umstände zu geben.‹

›Welche Umstände denn?‹

›Die Schwester Oberin scheint die Wahrheit nicht ans Licht bringen zu wollen. Sie ist eine recht verschlossene und griesgrämige Dame.‹

›Klingt ganz nach der alten Schwester Adelberta.

Lebt sie etwa immer noch? Ich kann mich leider gut an sie erinnern. Als Kind hatte ich Angst vor ihr, wollte wegen ihr nie meine Tante besuchen, die ich allerdings auch nicht besonders mochte.‹

›Ich bin mir sicher, daß sie einiges über den Tod Ihrer Tante weiß‹, setzte ich rasch nach und hoffte, daß er endlich anbiß. ›Ich dachte, das würde Sie interessieren.‹

›Nein, eigentlich nicht.‹ Am anderen Ende der Leitung entstand eine Pause, ich hörte förmlich, wie Laux mit sich rang. Dann fuhr er fort: ›Ich habe das Ganze immer schon für merkwürdig gehalten. Verrückt, daß Sie nach so langer Zeit damit ankommen. Haben Sie denn etwas Konkretes herausgefunden?‹

›O ja!‹ behauptete ich. ›Es ist da so einiges ans Tageslicht gekommen. Aber ich möchte es Ihnen nicht so gern am Telefon erzählen.‹ Ich wartete gespannt auf seine Antwort.

Endlich sagte Laux: ›Na gut. Wenn Sie wollen, kommen Sie morgen abend vorbei.‹

Ich bedankte mich überschwenglich und legte auf. Der Abend war gerettet, die Träume waren gebannt, die Zukunft schien interessant und licht.

Zur verabredeten Stunde stand ich vor dem Haus des Dr. Laux. Es war ein zweistöckiger, ausladender Backsteinbau inmitten eines parkähnlichen großen Gartens im vornehmsten Kölner Wohnviertel. Ich ging die Kieselauffahrt entlang und klingelte. Dabei sank mir das Herz fast in die Hose. Natürlich mußte meine Lüge auffliegen, und ich zweifelte daran, daß der Hausherr Verständnis für meinen Spleen hätte. Er selbst öffnete mir. Ich gab mich zu erkennen, er schüttelte mir herzlich die Hand und machte mir dadurch wieder etwas Mut. Er geleitete mich durch eine mit großen Perserteppichen ausgelegte Halle zu einer reichbestückten Bibliothek. Ich besitze selbst viele Bücher, doch dieser Anblick war überwältigend. Unzählige alte Lederrücken glänzten mich aus Vitrinen, teuren Regalsystemen und von Buchpulten an. Wie viele Rätsel mochten diese zeitvergessenen Bände enthalten! Mein Gastgeber setzte sich in einen alten englischen Ohrensessel und bedeutete mir, mich ihm gegenüber in einem tiefen Art Déco-Fauteuil niederzulassen.

›Sie sind also Privatdetektiv‹, begann er. ›Für wen arbeiten Sie?‹

Nun mußte ich, wie man so sagt, die Karten auf den Tisch legen. Also gab ich zu, am Telefon etwas geflunkert zu haben, und erzählte ihm in allen Einzelheiten, wie ich auf die Spur der Nonnen gekommen war. Dabei blickte ich ihn vorsichtig an; jeden Augenblick befürchtete ich, hinausgeworfen zu werden. Doch nichts dergleichen geschah. Im Gegenteil: In seinen Augen blitzte Belustigung auf.

Als ich geendet hatte, sagte er: ›Eigentlich sollte ich Sie als Hochstapler sofort hinausexpedieren, und zwar eigenhändig. Aber Ihr Hobby gefällt mir. Es ist so erfrischend anders als die, mit denen ich sonst immer konfrontiert werde. Wissen Sie, wie langweilig es ist, Tennis spielen zu müssen, damit man keine Klienten verliert? Und erst Golf! Und dieses dauernde Gerede über neue Autos, neue Geliebte und alten Schmuck! Ich höre mich sicherlich versnobt an, aber vieles, was mit meinem Beruf zusammenhängt, ödet mich an. Doch er verhilft mir zu einem guten Leben.‹ Er machte eine ausholende Geste, als wolle er sein Haus mit dem Arm umfassen. ›Da ist jemand wie Sie in der Tat eine Abwechslung.‹

Ich dankte ihm für sein Verständnis, und er fuhr fort: ›Großtante Elisabeth – oder Hildemarga, wie sie sich natürlich nur nennen ließ, obwohl sie bei uns weiter Elisabeth hieß – war schon eine sauertöpfische Erscheinung! Manchmal besuchten wir sie; es geschah wie gesagt eher aus Pflicht als aus Neigung, und wir waren immer froh, wenn wir es überstanden hatten. Ihre drei Freundinnen waren auch nicht besser. Aber was die Lösung Ihres Rätsels angeht, so fürchte ich, daß sie reichlich banal ist, wie es sich bei solchen Dingen häufig verhält, die auf den ersten Blick vielversprechend erscheinen mögen. Als wir – ja, es war 1975 – aus dem Urlaub zurückkamen, lag ein Brief der Oberin im Kasten, daß die geliebte Hildemarga im Frieden heimgegangen sei, aber man habe leider keine Möglichkeit, sie im Konvent zu bestatten, und es entspreche sicher dem Wunsch meines Vaters als einzigem direkten Angehörigen, für ein würdiges Begräbnis zu sorgen. Von wegen, seinem Wunsch entsprechend! Er mochte seine Tante auch nicht mehr, als ich es tat. Aber was blieb uns übrig? Er fuhr nach Aachen, und als er zurückkam, hatte er sich obendrein die Verpflichtung aufschwatzen lassen, auch die drei toten Freundinnen angemessen unter die Erde zu bringen! Nun, wir hatten eine große Grabstelle auf Melaten, die frei wurde, da die Zeit abgelaufen war, und daher zur Neubelegung anstand. Eigentlich hatten wir die Stelle abgeben wollen, doch Vater entschied, sie für die vier Nonnen zu verwenden.‹

Die Oberin hatte behauptet, daß sich jemand aus Köln freiwillig erboten habe, die vier Schwestern in seine Obhut zu nehmen. Also ertappte ich sie schon zum zweiten Mal beim großzügigen Umgang mit der

Wahrheit, die nicht zu den Grundtugenden jenes Ordens zu gehören scheint.

›Und wie sind die vier Nonnen zu Tode gekommen?‹ fragte ich. Ich konnte meine Neugier nicht mehr bezwingen.

Dr. Laux lächelte. ›Mein Vater hatte von der Oberin erfahren, daß die vier mit einigen Kerzen zu unvorsichtig gewesen waren. Sie sind verbrannt oder erstickt. Leider war das Feuer zu spät bemerkt worden. Es konnte zwar rasch gelöscht werden, nicht rasch genug aber für die Opfer. Wenn ich mich recht entsinne, gab es eine Untersuchung, die jedoch bald eingestellt wurde, da alles auf einen Unglücksfall hindeutete. Mehr kann ich Ihnen dazu leider nicht sagen. Aber nun wissen Sie wenigstens Bescheid.‹

Ich bedankte mich noch einmal für die Freundlichkeit des Dr. Laux, stand auf, gab ihm die Hand und wollte gehen, als er, der sitzengeblieben war, sagte:

›Eigentlich schade, daß ich das Tagebuch meiner Großtante nicht mehr besitze. Aber wahrscheinlich stand nichts Wichtiges darin.‹

Ich setzte mich wieder und sah ihn an.

Er sagte: ›Um dieses Tagebuch rankt sich eine bemerkenswerte kleine Geschichte. Nachdem Sie nun schon so tief in unsere Familienangelegenheiten eingedrungen sind, kann ich sie Ihnen durchaus erzählen. Als Gegenleistung für sein Entgegenkommen hinsichtlich der Beerdigung erhielt mein Vater den gesamten Nachlaß der vier Nonnen, der aus vier Bibeln, etlichen Heiligenbildchen, Kleidung und zwei wuchtigen Röhrenradios bestand. Keine von den drei anderen hatte nämlich noch lebende Verwandte. Die Kleider warf mein Vater fort, die Bibeln stellte er in sein Regal, und die Radios lagerte er in seinem Keller; er wollte sie als Ersatzteillager benutzen, denn er hatte selbst noch so ein Gerät, an das sich für ihn viele Erinnerungen knüpften. Er lobte seinen Klang und wollte es so lange wie möglich behalten. Ich weiß nicht, ob Sie sich noch an diese Apparate erinnern können. Sie waren durchaus imposant, besaßen ein massives Holzgehäuse und Tasten aus Bakelit. Heute sind sie schon beinahe Sammlerstücke. Vor wenig mehr als einem Jahr, einige Monate vor dem plötzlichen Tod meines Vaters, brannte schließlich eine Röhre durch, und er entsann sich der beiden Geräte, die noch immer, schon seit über siebzehn Jahren, unberührt im Keller standen. Also nahm er eines mit hoch in seine Wohnung und löste die Rückwand. Dabei fiel ihm das Tagebuch in die Hände; zufälligerweise hatte er wohl das Gerät von Großtante Elisabeth erwischt. Mein Vater legte das Tagebuch beiseite und reparierte sein Radio, und tatsächlich funktionierte es anschließend wieder. Er war ein passionierter Bastler, hat alle anfallenden Reparaturen selbst durchgeführt und mich damit immer wieder in Staunen versetzt. Ich bin leider völlig unpraktisch veranlagt. Nun, er stellte das Tagebuch in sein Regal neben die Bibeln, und kurz vor seinem Tod sagte er mir, er habe einige Blicke hineingeworfen, aber es enthalte nichts als Altnonnengewäsch.‹

Ich erinnerte mich daran, daß die junge Frau gestern davon gesprochen hatte, ein Buch habe im Schoß des Toten gelegen.

War es das Tagebuch gewesen?

Gab es vielleicht sogar einen Zusammenhang zwischen dem Tod des Herrn Laux sen. und seiner Lektüre?

Eine verrückte Idee, zugegeben. Ich fragte den Anwalt danach.

Er antwortete: ›Er starb, während ich einen auswärtigen Termin wahrzunehmen hatte. Ich weiß nicht, welches Buch in seinem Schoß lag. Aber es ist schließlich nicht wichtig. Jemand muß es wieder ins Regal geräumt haben, denn dort standen alle Bücher beisammen, als ich die Wohnung zwecks Auflösung besichtigte. Wahrscheinlich ist es die Zugehfrau gewesen.‹

›Darf ich fragen, was aus dem Tagebuch geworden ist?‹ wollte ich wissen.

›Keine Ahnung.‹ Er zuckte die Schultern. ›Wahrscheinlich war es bei dem Konvolut, das ich einem Antiquar verkauft habe. Er holte es selbst ab; ich habe ihm noch geholfen, die Kisten in seinen Wagen zu schleppen. Er sagte, es seien einige sehr schöne Exemplare darunter. Mich interessierten sie nicht, sie gehörten nicht zu meinen Sammelgebieten.‹

›Wann war das?‹

›Es mag etwa fünf Monate her sein. Mein Vater verstarb vor ziemlich genau einem halben Jahr.‹

Ich bat Herrn Dr. Laux um die Adresse des Antiquariats, und ergab sie mir.

›Machen Sie sich aber nicht allzu viel Hoffnung. Abgesehen davon, daß bestimmt nichts Interessantes drinsteht, wird das Tagebuch wahrscheinlich schon für wenige Mark verramscht worden sein.‹

Er mochte recht haben, doch für mich war es eine weitere Spur, ein weiterer Weg, den ich unbedingt gehen mußte.

Ich verabschiedete mich von Dr. Laux. Er begleitete mich zur Tür, und frohgemut zog ich ab.

Ich machte einen kleinen Spaziergang durch Marlenburg, bewunderte die herrschaftlichen Villen, die großen Parkanlagen und die teuren Autos, und die linde Luft reinigte meine Gedanken.

Wie weit mochte ich meiner Spur noch folgen können?

Ich nahm mir vor, gleich am nächsten Abend das Antiquariat aufzusuchen. Natürlich, die Möglichkeit, daß ich das Buch noch fände, war gering. Doch ich durfte nichts unversucht lassen.«

Erschöpft legte Benno den Kugelschreiber fort. Es war weit nach Mitternacht. Wie schwer war es ihm gefallen, einen Juristen mit sympathischen Zügen auszustatten! Aber dies zeigte, daß er objektiv war. Sich nicht von Vorurteilen leiten ließ. Aber was heißt da: *Vorurteile!* Er kannte die Kerle aus eigener Anschauung. Wäre fast auch so einer geworden. Nein, so durfte er nicht mit sich umgehen. Das war nicht recht. Er ging zu Bett.

Im Büro redete er kein persönliches Wort mehr mit Herrn Bandmann, der offensichtlich nicht verstand, was er falsch gemacht hatte. Doch Benno hatte ihn durchschaut. Der hoffte wohl, sich durch Schmeicheleien die Gunst des zukünftigen großen Dichters zu erschleichen, um später dann sagen zu können: Jawohl, ich kenne ihn sehr gut, war sozusagen mit ihm befreundet, habe ihn bei seinem Debüt unterstützt und auch ansonsten recht gute Tips gegeben, wer weiß, was aus ihm geworden wäre, wenn nicht ich ihm auf die Sprünge geholfen hätte … Nein, kein Wort kam über Bennos Lippen, als Herr Bandmann sich nach einem neuen Projekt erkundigte. Überhaupt würde er niemals wieder jemandem eine seiner Geschichten zu lesen geben. Auch nicht dem Verleger. Oder vielleicht doch, und sei es nur, um den Triumph auszukosten. Denn an diesem Werk gab es nichts mehr auszusetzen. Es war sozusagen sein makelloses Meisterwerk.

Benno freute sich darauf, am Abend zu ihm zurückkehren zu können. Es war wie eine ihn erwartende Geliebte. Doch eine Geliebte würde niemals diese Intensität an Sanftmut, Anschmiegsamkeit und Duldsamkeit aufbringen, wie es seine Geschichte tat. Wozu brauchte er andere Menschen? Er hatte sich und sein Genie, seine Phantasien, die Dinge erschaffen konnten, und wenn er sie sich vorstellte, waren sie da. Was gäbe er darum, jeden Tag zu Hause verbringen zu können, eingesponnen in seiner Traumwelt, sich selbst genug. Schließlich war er so erzogen worden. Einzelkind. Das ist der Stoff, aus dem Nobelpreisträger sind!

Die Suche war eröffnet und konnte nun konkreter weitergehen. Das Buch war in die Handlung eingetreten. Er liebte Bücher, Zauberbücher. Jedes Buch ist ein Zauberbuch. »Wirklich jedes Buch!«

Herr Bandmann sah ihn groß an. Dann verschwand er wieder hinter Aktentürmen.

Was kümmerte er sich um die armselige sogenannte Realität? Seine Phantasie hob ihn weit, weit über alle Mitmenschen hinaus.

Aber es war doch nur eine einzige große Kindheitserinnerung, durch Chiffren und Symbole ausgedrückt. Sie war schön, seine Kindheit. Niemand sonst hatte eine so reiche Kindheit gehabt wie er! Zumindest innerlich reich. Und niemand vermochte sie so auszudrücken wie er.

»Kreist du nicht nur um dich selbst?«

»Haben Sie etwas gesagt?« fragte Herr Bandmann.

Und Benno vermeinte, in dessen Augen hündische Anbiederung zu entdecken.

Und wenn schon, wenn er tatsächlich nur um sich selbst kreiste! Er war ein Kosmos, er war der Kosmos.

Er war Gott!

Aber es gab keinen Gott.

Wie konnte er nur so etwas denken? Er hatte Gott erfahren, jeden Sonntag. Und plötzlich fielen ihm die vier Nonnen wieder ein.

Welche?

Die in seiner Geschichte?

Oder die seiner Kindheit?

Aber es waren doch dieselben. Er durfte sich nicht verwirren lassen.

Benno riß ein paar Haare aus seinem schütteren Schopf und streichelte damit seine Lippen. Herr Bandmann lugte wieder zwischen seinen Aktenmauern herüber und glotzte blöde. In Benno zerriß etwas. Lachend streckte er seinem Kollegen die Zunge heraus, packte seine Sachen und ging nach Hause, obwohl es noch lange nicht die Zeit dazu war. Er hätte nicht länger mit diesem aufdringlichen Kerl in einem Raum sitzen können. So gesehen, war seine Flucht nichts anderes als ein Akt der Notwehr.

Das Wetter war schön, und deshalb ging er zum Melaten-Friedhof. Hier herrschte Friede. Niemand sah ihn seltsam an. Hier hatte er jener Schülerin Anträge gemacht, in die er unsterblich verliebt gewesen war.

Vor Jahrzehnten.

Leider war sie nicht dabei gewesen.

In ihrer Gegenwart hätte er sich nicht getraut.

Während des Studiums war er ihr noch ein- oder zweimal begegnet. Sie hatte einen anderen genommen. Der seine Anträge wohl in ihrer Anwesenheit gemacht hatte. Am liebsten hätte er sich damals umgebracht. Seine Eltern verstanden ihn nicht. Er hatte doch alles, was er haben wollte. Jeder Wunsch war ihm erfüllt worden. Nein, heute war es nicht gut, hier zu sitzen. Der Friede war nur ein Schemen gewesen, eine dünne Decke, unter der es waberte, eine Decke mit einem Gesicht. Er sah das Gesicht, aber er kannte es nicht. Er sprang auf und lief zum Eingang zurück.

»NACH FEIERABEND FUHR ich in die Innenstadt, fand die angegebene Adresse schnell, doch zu meiner großen Enttäuschung befand sich in dem Ladenlokal kein Antiquariat, sondern ein Sportmodengeschäft. Ich verglich die Adresse mehrmals mit der, die ich mir gestern aufgeschrieben hatte. Da gab es keinen Zweifel. Das Antiquariat existierte nicht mehr! Es klingt bestimmt dumm, aber in diesem Augenblick hatte ich zum ersten Mal das Gefühl, als würde ich absichtlich an dem Erreichen meines Ziels gehindert. Daher zögerte ich. Sollte ich umdrehen und mein privates Rätsel als aufgeklärt betrachten? Schließlich wußte ich, wie die vier Nonnen umgekommen waren. Ursprünglich hatte ich nicht mehr in Erfahrung bringen wollen.

Wenn ich damals umgekehrt wäre, säßen wir beide jetzt nicht in dieser Kneipe, und alles wäre so, wie es immer gewesen war. Ich bitte Sie: Haben Sie noch etwas Geduld mit mir! Das alles hilft mir, ein klares Bild von den Ereignissen zu schaffen, auch wenn bisher noch nicht viel geschehen ist.«

Das stimmte allerdings. Ich bereute es allmählich, mitgegangen zu sein. Warum erzählte er mir alle diese Belanglosigkeiten? Ich konnte keinen Sinn darin erkennen, aber ich wollte nicht unhöflich sein, und so hörte ich weiter zu.

»Ich stand also vor dem Sportladen und überlegte, was zu tun sei. Vielleicht wußte dort drinnen jemand etwas über den Verbleib des antiquarischen Vormieters. Ich trat ein.

Ein strahlend braungebrannter Jüngling mit wohlgefülltem Muskelshirt, blondierter Dauerwelle und Goldkettchen auf der offenherzigen Haarbrust kam auf mich zugetrippelt. ›Hei! Was kann ich für dich tun?‹ fragte er überfreundlich.

Ich bin nicht gerade sportlich, und eine solche Umgebung ist mir zuwider. Ich mußte mich regelrecht überwinden, dieser fleischgewordenen Gesundheitskultur mein Anliegen zu erläutern. Allein der Geruch von Gummi, Kunstfasern und Schweiß erregte Übelkeit in mir. Er gemahnte an den Turnunterricht während meiner Schulzeit.

›Tja, dieser Buchladen.‹ Der Beau bleckte sein makellos weißes Gebiß. ›Mann, wie das hier gestunken hat! Nach verstaubtem Papier und so. Konnte man keinem Kunden zumuten. Wir mußten hier erst mal vier Wochen lüften. Ich kann dir sagen! Aber keine Angst. Brauchst nicht so entsetzt zu gucken! Wir haben den Kammerjäger geholt – es gibt bestimmt kein Ungeziefer mehr hier.‹

›Und wo ist das Antiquariat jetzt?‹ fragte ich.

Der Schönling verlor sein Zahnpastalächeln. ›Wohin … wohin … Nirgendwohin.‹

›Wie darf ich das verstehen?‹ fragte ich.

›Ich glaub, der Typ hat 'nen schweren Herzinfarkt gehabt‹, sagte die Sportskanone. ›Kommt vom zu vielen Rumsitzen in staubiger Luft, wenn du mich fragst. Jedenfalls hat er sich dann zur Ruhe gesetzt.‹

›Haben Sie eventuell seine Adresse?‹

›Mann, du hast Nerven! Was willst du denn von dem? Der pfeift doch aus dem letzten Loch.‹

›Haben Sie nun die Adresse oder nicht?‹

›Herrgott, sicher, irgendwo hab ich die. Falls was zu regeln ist. Er hat sie mir hiergelassen. Aber glaub nur nicht, daß ich davon schon Gebrauch gemacht hab! Moment, ich such sie.‹

Er verschwand hinter einem Vorhang und kehrte einige Sekunden später mit federnden Schritten und einem zerknitterten Zettel in der Hand zurück.

›Hans-Peter Müller, Antiquar, Liebigstr. 68. Steht hier. Ist, glaub ich, in Ehrenfeld oder so. Brauchst du sonst noch was? Tennis-Dress mit Boris-Becker-Aufdruck eventuell. Spottbillig. Hab ich heute im Angebot. Weil du's bist.‹

Ich schrieb die Adresse hastig auf, dankte und machte, daß ich aus dem Laden kam.«

Sport! Welch ein Ekel! Der Sportunterricht war das schlimmste gewesen. Da war er der Letzte gewesen, und Justus, wie auch sonst immer, der erste. Und wie oft hatte Benno einen Ball mit voller Absicht gegen den Magen oder den Kopf geworfen oder getreten bekommen, so daß er vor Schmerzen nicht mehr hatte atmen können. Er hatte sich furchtbare Rache geschworen, doch wenn er sich recht erinnerte, war er nie dazu gekommen, sie auszuführen.

Es gab tatsächlich ein Antiquariat, das eines Tages verschwunden war, und in seine kleinen Räume war eine Sportmodenhandlung eingezogen. Bei dem alten Antiquar Höfs in der Gertrudenstraße hatte Benno so manches preiswerte Buch gekauft, so manchen Traum, so manche Flucht. Er hatte es genossen, in dem winzigen Geschäft herumzustöbern, auch wenn das Angebot wegen des Platzmangels nie groß gewesen war. Wie enttäuscht war Benno gewesen, als er hörte, daß das Antiquariat geschlossen werden sollte. Nun ging er an dem Nachfolgeladen jedesmal mit gerümpfter Nase vorbei, ja manchmal wurde er regelrecht wütend. Nichts was er geschildert hatte, entsprang vollständig seiner Phantasie. Alles war komponiert aus Erinnerungen, Gefühlen, Erlebtem und Ersehntem. War er etwa wirklich kein großer Schriftsteller? Hatte der Verleger recht? Waren das alles nur Chiffren für seine Erfahrungen? Sollte er sich direkt und ehrlich mit ihnen auseinandersetzen? Der Gedanke war Benno zuwider. Sie konnten ihm keinen Spaß machen. Sie waren trist und öd und grau. »Wie du selbst.« Nur sein Schreiben erhöhte ihn.

Liebigstr. 68. Das war seine Heimatadresse gewesen. Hort des Glücks. Es war keine gute Wohngegend, aber es zählte nur das, was man daraus für sich selbst erschuf. »Jeder ist der Baumeister seiner inneren Welt, die unendlich viel wirklicher und stärker ist als die äußere Welt.« Aber nun sollte er sich von der Vergangenheit endlich lösen, er sollte erfinden. Er hatte damit begonnen, indem er den alten Antiquar in seine alte Wohnung gesetzt hatte. Und es sollte weitergehen.

Nichts mehr, was nun geschah, hatte einen Zusammenhang mit seiner eigenen Situation. Nun ging es hinab in die unvorstellbaren Geheimnisse der toten Nonnen, hinab in das, was sie getan hatten.

Und wieder sah er die Nonnen vorn in der Kirchenbank sitzen, und eine drehte sich zu ihm um, und ihr Blick war nichts als Bosheit. Weihrauchdünste nahmen dem kleinen Benno endlich den Blick. Er kuschelte sich an den Lammfellmantel seiner Mutter und hoffte auf das Ende des Gottesdienstes.

»ZU HAUSE SUCHTE ich die Telefonnummer des Antiquars heraus und rief ihn an. Seine Stimme war sehr schwach. Er hustete viel und schnappte häufig nach Luft. Es war, als spräche ich mit einem Toten. Ich hatte Mühe, ihm mein Anliegen verständlich zu machen. Doch schließlich verstand er, daß ich mich für ein bestimmtes Buch interessierte. Er sagte, er wisse nicht mehr, was er alles verkauft habe, er wisse kaum noch etwas aus der Zeit kurz vor seinem Infarkt. Ich drang in ihn, er solle doch einmal nachdenken.

Alles, was ich daraufhin hörte, war eine alte weibliche Stimme im Hintergrund, die rief: ›Peter, du sollst dich nicht aufregen! Wer immer da am Telefon ist, wimmle ihn doch endlich ab. Du weißt, was der Arzt gesagt hat. Daß du dich schonen sollst. Nun mach schon Schluß!‹

Er flüsterte in den Hörer: ›Ich weiß es wirklich nicht mehr, und ich muß jetzt aufhören. Wenden Sie sich bitte an Herrn Antiquar Grassteiner in Kalk. Er hat mein gesamtes Lager aufgekauft. Möglicherweise ist das Buch, das Sie suchen, noch dabei.‹

›Können Sie mir seine Adresse geben?‹ fragte ich. Doch da hatte er schon aufgelegt.

Also durchblätterte ich erneut das Telefonbuch. Ich merkte mir die Anschrift und nahm mir vor, seinem Geschäft am nächsten Abend einen Besuch abzustatten.

Immer weiter, immer weiter. Wie standen meine Chancen? Das Buch konnte noch nicht lange zum Verkauf stehen, aber wenn es der Teufel wollte ... Ich ging zu Bett und träumte von dem Tagebuch und den seltsamen Geheimnissen, die es barg.

Der Morgen war sonnig, und ich stand lange nachdenklich vor dem Grab der vier Nonnen. Als ich es zum ersten Mal bewußt wahrgenommen hatte, war mir nicht in den Sinn gekommen, daß ich soviel herausfinden sollte. Doch mir schien, daß sie ihr letztes Geheimnis noch nicht preisgegeben hatten. Zugleich befürchtete ich, das Tagebuch wirklich zu finden. Zum einen wäre nämlich dann meine Suche beendet, zum anderen war es unwahrscheinlich, daß es neue Aufschlüsse über den mir jetzt schon bekannten Tod der Ordensschwestern geben konnte. Außerdem war es vor der Tragödie im Radio versteckt worden. Vielleicht aber hatte sie sich schon irgendwie angebahnt, ihre Schatten vorausgeworfen, vielleicht war es nicht nur Unachtsamkeit gewesen.

Ob Schwester Hildemarga Angst davor gehabt hatte, daß die Oberin das Tagebuch hätte finden können? War das Führen eines Tagebuchs den Schwestern verboten? Ich habe noch immer keine Ahnung von den Gepflogenheiten des geistlichen Standes. Vor dieser Oberin hätte jedoch auch ich alles Persönliche versteckt.

Oder gab es für die Heimlichtuerei einen anderen Grund?

Fragen türmten sich auf Fragen, und plötzlich erschien mir das Tagebuch als Schlüssel zu ihrer Beantwortung.

Ich wandte mich von dem Grab ab und ging zum Sensenmann. Obwohl er soviel realer, plastischer und bedrohlicher ist, empfand ich in seinem Angesicht doch nicht die dunklen Gefühle, die mich vor der Ruhestätte der Armen Schwestern heimsuchten. Ich kam gut, doch nicht so schnell voran, wie ich gehofft hatte, denn er ist in einem wahrhaft bemitleidenswerten Zustand, der Ärmste. Sie haben es ja selbst gesehen. Aber ich glaube, daß wir mit vereinten Kräften in einigen Tagen fertig sein werden.«

Ich nickte zustimmend und hoffte, daß er nun zum Kern der Geschichte kommen möge. Aber ich hegte den Verdacht, daß der Kern nur die bloße Suche war und ich hier in der Kneipe saß, um diese lange und geglückte Suche miterleben zu müssen. Er hatte niemanden, dem er seinen Triumph sonst mitteilen konnte. Dann aber erinnerte ich mich an sein merkwürdiges Verhalten auf dem Friedhof. Stand es mit dem Rätsel in Zusammenhang? War er doch auf etwas Beunruhigendes gestoßen?

Sein Bier hatte er schon lange ausgetrunken, doch er schien es nicht zu bemerken, schien nichts zu benötigen als meine Zuhörerschaft.

Er erzählte weiter:

»Und wieder sehnte ich den Abend herbei. Mit der Bahn und dem Bus fuhr ich nach Kalk. Das Antiquariat war in einer Hinterhofhalle untergebracht, sehr groß, und es roch etwas muffig. Der Inhaber, ein bärtiger junger Mann mit traurigen Augen hinter einer dicken Hornbrille, fragte mich nach meinem Anliegen.

›Ja, an Antiquar Müller erinnere ich mich noch‹, sagte er. ›Das ist noch gar nicht lange her. Ich hoffe, daß es ihm inzwischen besser geht. Er hatte ein alteingesessenes Geschäft, und es ist schade, daß er nicht mehr in seinem Beruf tätig sein kann. Nun, er ist sehr alt. Sie haben mit ihm gesprochen, sagen Sie? Es geht ihm nicht so gut? Das tut mir leid. Ich habe ihn immer gemocht. Man konnte gute Geschäfte mit ihm machen. Das beste war leider auch das letzte. Ja, ich habe sein Lager vollständig übernommen – bis auf einige Bücher, die er für sich behalten hat. Natürlich die feinsten Sachen, der alte Fuchs! Ein Tagebuch? Ja, wissen Sie, ich bin bisher gar nicht dazu gekommen, alle Bücher zu sichten. Da sind noch viele in den Kartons, die ich hinten im Lager habe. Das wird noch einige Zeit dauern. Ich muß jetzt die Antiquariatsmesse vorbereiten, Standprobleme, die Druckfahnen für meinen Katalogbeitrag, Listen drucken lassen und so weiter. Da wird es mir erst in einigen Wochen möglich sein, die Sachen komplett durchzusehen. Nein, bisher ist mir ein Tagebuch nicht aufgefallen. Aber ich habe von etwa fünfzig Kisten erst zehn bearbeitet. Tut mir leid, daß ich Ihnen keine Auskunft geben kann. Aber ich habe hier im Laden noch ein paar andere Bücher.

Schauen Sie sich doch einmal um. Vielleicht gefällt Ihnen eins davon.‹

Seine umständliche Art konnte einen auf die Palme bringen! Aber ich beherrschte mich. Schließlich wollte ich etwas von ihm.

›Ich bin gern bereit, selbst zu suchen, wenn Sie es mir erlauben‹, sagte ich.

Er erwiderte: ›Wenn Sie ein paar Wochen Zeit mitbringen, gern. Nun mal im Ernst: Sie werden leichter eine Stecknadel in einem Heuhaufen als dieses Tagebuch inmitten des Kistenchaos finden. Glauben Sie mir: Es ist aussichtslos!‹

Ich wollte mich nicht abschrecken lassen. ›Sind die Kisten denn etwa unsortiert? Haben Sie wahllos eingepackt?‹

›Das nicht ...‹

›Na sehen Sie, das schränkt die Möglichkeiten doch enorm ein.‹

Schließlich ging er mit mir nach hinten in einen fensterlosen Raum, der bis zur Decke mit stabilen Pappkartons angefüllt war. Ich muß gestehen, daß mir bei diesem Anblick etwas mulmig zumute wurde. Da hatte ich mir wohl doch zuviel zugetraut. Aber jetzt gab es kein Zurück mehr, wenn ich mein Gesicht wahren wollte.

›Wenn es das Tagebuch einer Nonne und als solches kenntlich ist, könnte es mein Kollege in die Theologie eingeordnet haben‹, sagte der Antiquar. ›Möglicherweise befindet es sich auch unter den Autobiographien oder Handschriften, wer weiß. Am besten fangen Sie mit der Theologie an. Die Kisten sind da ganz hinten, die untersten, wenn ich mich recht erinnere. Sie brauchen nur die Kisten davor und darüber beiseite zu räumen, dann müßten sie eigentlich gut drankommen.‹

›Und wenn aus dem Einband nicht hervorgeht, worum es sich handelt?‹ fragte ich zögernd.

›Ja dann befindet es sich wahrscheinlich unter den Varia oder unter Kulturgeschichte. Wenn Sie systematisch beim Umräumen der Kartons vorgehen, könnten Sie sich die ja schon mal in der entsprechenden Reihenfolge zurechtstapeln, damit Sie es dann später einfacher haben. Daß hier zu wenig Platz für ein solches Unterfangen ist, sollte Sie nicht stören. Sie können hier um die Ecke die Kartons einer anderen Hinterlassenschaft wegräumen, dann kommt der Notausgang zum Vorschein. Nach etwa zehn Metern gelangen Sie in den Innenhof. Da ist Platz genug, damit Sie sich richtig austoben können. Viel Glück!‹

Endlich war ich allein. Ich wuchtete die am leichtesten zugängliche Kiste zu mir herüber, schlug die Pappdeckel auf und begann zu wühlen. Bei meinem bisherigen Glück würde ich das Buch, wenn überhaupt, vermutlich in der letzten Kiste finden. Ich zog Buch für Buch heraus; sie handelten von abstrusen Themen wie Ufologie, Kinderernährung, deutschem Humor, Atlantis und der Welteistheorie nebst vielem anderen. Doch warum soll ich Sie noch länger auf die Folter spannen? Ganz unten lag ein Halbleinenbändchen, eine Kladde. Ich blies den Staub vom Einband und öffnete das Büchlein. Zum Glück kann ich diese Schrift recht gut lesen, wenn auch nicht schreiben. Es trug einen Titel. Darauf stand: *Tagebuch von Schwester Hildemarga.*«

Benno sah das Büchlein vor sich, als hielte er es in seinen Händen. Er sah die krakelige Sütterlin-Handschrift, die das Papier wie Spinnengewebe bedeckte, er sah beinahe sogar die Wörter.

Und das war das Problem. Was sollte in der Kladde stehen? Womit hatten sich die Schwestern abgegeben? Es mußte etwas Unsägliches, etwas abgrundtief Böses gewesen sein – nichts anderes kam für Benno in Frage, das wußte er genau!

Er sah sie dort in der ersten Bank hocken, dann knien, so tief, daß er den Eindruck hatte, sie erwarteten den Streich des Richtschwerts. Und wenn sie durch den Seitengang hinausschlichen, schauten sie den kleinen Benno mit stechenden Augen an. Wie hatte er sie nur für harmlos halten können? Sie waren keine guten Menschen gewesen. Er wollte nicht mehr an sie denken.

»Warum nicht?«

Sie waren doch der Aufhänger der ganzen Geschichte, und Benno hatte sich immer gern an sie erinnert. Aber da gab es etwas, das hinter allen seinen Erinnerungen lag.

Verdammter Verleger! Was hatte er in ihm geöffnet?

Da waren nicht nur die Wege zurück zu seiner sonnigen Kindheit, da war noch etwas anderes, etwas, das tiefer lag, so tief wie die achtlosen Schächte, in denen die Helden seiner früheren Geschichten gefangen waren.

Benno hatte Angst, daß er es erfahren könnte.

»Aber das ist doch der Irrsinn!«

Kannte er sich etwa selbst nicht mehr? Er wußte, daß es nichts zu fürchten gab. Dennoch wagte er es nicht, an diesem Abend weiterzuschreiben.

Er träumte schlecht.

Er saß in der Kirche, doch seine Mutter war nicht bei ihm. Und vorn saßen die Nonnen. Er war kein Kind mehr, doch noch immer hatte er Angst vor ihnen. Der Weihrauch verstärkte die Angst. Und der Priester sah auf ihn herab, während er über das jüngste Gericht und die Höllenqualen der Sünder predigte, als meine er ganz persönlich Benno – und nur ihn.

Er wachte auf.

Es war mitten in der Nacht. Er konnte nicht mehr einschlafen. Er lag wach, bis der Wecker klingelte. Er wußte noch immer nicht, was in diesem Tagebuch stehen sollte.

Er wußte es auch am Abend nicht, obwohl er sich den ganzen Tag über Gedanken gemacht hatte. Er hatte kaum an seinen Akten arbeiten können und seinen Vorgesetzten angeschnauzt, als dieser etwas von ihm wissen wollte. Ohne sich abzumelden, geschweige denn, sich zu entschuldigen, ging er früher.

Benno kaute an seinem Kugelschreiber herum. Er empfand ihn plötzlich als Waffe. Als Waffe, die nicht gegen die Welt, sondern gegen ihn selbst gerichtet war. Er ließ ihn fallen und döste vor sich hin.

Es war unwichtig, was in der Kladde stand.

Und doch war etwas vorgefallen.

Und er sah die Wörter.

Aber er konnte sie nicht niederschreiben. Alles in ihm sträubte sich dagegen.

Er schleuderte den Stift gegen die Bücherwand, wo

er wie ein Pfeil zwischen zwei Bänden steckenblieb. Benno stand auf und holte ihn zurück. Dann schrieb er weiter, und bald hatte er sich selbst vergessen.

»Mit zitternden Fingern blätterte ich durch die Seiten. Die erste Eintragung datierte von 1961. Ich begann zu lesen.

Es waren nur kurze Schilderungen alltäglicher Begebenheiten aus dem Altenheim, in der Hauptsache Berichte über Mitschwestern. Und die Namen der drei anderen tauchten immer wieder auf. Sie schienen enge Freundinnen gewesen zu sein. Ein paar Sätze waren durch Unterstreichungen hervorgehoben, sie lauteten zum Beispiel – wenn ich mich recht entsinne: *Gott ist ein Feigling,* oder *Ich kotze auf den lieben Heiland* oder *Der ganze Himmel ist eine Lüge.* Dazwischen gab es Schilderungen von etlichen Streitereien. Ich verstand nicht alles, schließlich überflog ich die Seiten nur. Sie scheint ein rabenschwarzes Aas gewesen zu sein, dachte ich bei mir, die möchtest du nicht in der Familie gehabt haben.

Viele Eintragungen bestanden nur aus einem Satz, doch zum Ende des Buches hin wurden die Bemerkungen ausführlicher. Meine Erregung stieg, als ich Sätze las wie: *Heute hat er uns das Ritual beigebracht* oder *Wenn er nicht zu uns gekommen wäre, hätten wir noch immer keinen Kontakt zur Finsternis* und ähnliches. Es waren Beschreibungen von Zeremonien eingefügt, die nur zu deutlich machten, daß die vier Nonnen sich recht weit vom wahren Glauben entfernt hatten. So wie ich die Bruchstücke, die ich las, verstand, war ein alter Mann in ihr Heim eingeliefert worden, in dem sie den Schlüssel zur Sphäre des Teufels oder anderer abscheulicher Kreaturen zu erblicken glaubten. Er unterrichtete sie, und sie schienen ihn regelrecht anzubeten. Mir wurde übel, als ich las, wie sie ein Huhn köpften und von dessen Blut tranken. Schnell blätterte ich weiter. Doch diese Rituale waren erst der Anfang. Die Nonnen waren der Meinung, es geschafft und den Kontakt hergestellt zu haben. Aber er gestaltete sich nicht so, wie sie es erwartet hatten. Irgend etwas mißlang, wonach sie die Finger von ihren Versuchen ließen. Aber es war zu spät. Wer einmal das Tor aufgestoßen hatte, der konnte nicht mehr verhindern, daß etwas in unsere Welt gekrochen kam. Sie versuchten, es zu bekämpfen, doch vergeblich.

Hildemarga schrieb von den Räumen zwischen Raum und Zeit, in der die Nachtmahre geboren werden, die um uns herum lauern. Sie glaubte, daß sie nun Dinge sehen konnte, die den meisten Sterblichen verborgen blieben. Und die Dinge – oder was immer es war – fanden ihren Weg zu den Beschwörerinnen. An einer Stelle hieß es, daß sie gerade fieberhaft den Rosenkranz, das Vaterunser und das Ave Maria beteten, um einer jener Kreaturen den Eintritt in unsere Dimension zu verwehren, als eine weitere Schwester zufällig die Zelle betrat, in der der Kampf stattfand. Sie hieß Adelgundis. Sie sah noch ein wenig von dem, was vorgegangen war, und halb von Sinnen vor Angst lief sie hinaus und hinterbrachte sofort alles der Oberin.

Die Eintragungen schlossen mit schrecklichen Haßtiraden gegen die Oberin. Es waren noch einige unbeschriebene Seiten in der Kladde. Die letzte Notiz stammte vom 4. 5. 1975. Daher nehme ich an, daß sich das Unglück kurz nach diesem Tag ereignete.

Nun, wie ich Ihnen schon sagte, fand ich nicht die Ruhe, die eine oder andere Seite vollständig zu lesen.

Ich rannte mit dem Tagebuch zu dem Antiquar, der mich erstaunt hinter seinen Brillengläsern ansah.

›Haben Sie etwas gefunden?‹ fragte er mit einem zweifelnden Unterton in der Stimme.

›Ich habe Glück gehabt‹, sagte ich. ›Das hier ist es, was ich suchte.‹ Ich hielt ihm das Buch entgegen. ›Ich will es kaufen. Was kostet es?‹ Ich hatte keinen Preis darin gefunden.

Der junge Mann schaute mich von oben bis unten an, dann sagte er: ›Nun, Sie werden verstehen, daß ein solches Buch eine Rarität ist – aus kulturgeschichtlichen Gründen und überhaupt.‹ Er blätterte es kurz durch, aber ich glaubte zu bemerken, daß er des Sütterlins nicht mächtig war. ›Ein hochinteressanter Text‹, nuschelte er, ›und da werde ich sehr leicht einen Kunden finden. Sie müssen verstehen, daß auch der Preis der Bücher abhängig ist von Angebot und Nachfrage. Hier wird es mit Sicherheit eine große Nachfrage geben, sobald bekannt wird, daß es diese Handschrift gibt. Ich kenne etliche Sammler, die etliches …‹

›Wieviel?‹ unterbrach ich ihn. Sogleich wurde mir klar, daß ich einen Fehler begangen hatte, indem ich dem Antiquar zu erkennen gab, wie sehr ich hinter dem Büchlein her war.

›Also, wenn es Sie so sehr interessiert, ist es bei Ihnen bestimmt in guten Händen‹, sagte er. ›Und deshalb bin ich ausnahmsweise bereit, Ihnen das Buch für weniger zu lassen, als ich es meinen Stammkunden anzubieten gedachte. Sagen wir also: dreihundert Mark.‹

Ich stand da wie vom Blitz getroffen. Mit einer solchen Dreistigkeit hatte ich nicht gerechnet. Ich gehe nicht oft in Antiquariate, aber ich wußte zumindest genug, um beurteilen zu können, daß dieser Preis eine

Frechheit war. Ich hatte mit zwanzig bis höchstens fünfzig Mark gerechnet.

›Das ist mir eigentlich zu teuer‹, sagte ich. Ich hatte gar nicht soviel Geld dabei, und Sie wissen ja, daß eine solche Summe bei unseren Gehältern nicht gerade ein Pappenstiel ist.

Nach kurzem Zögern erwiderte der Antiquar: ›Bitte verstehen Sie mich nicht falsch, aber jeder muß zusehen, daß er über die Runden kommt und das Beste für sich rausschlägt. Wenn Sie nicht zahlen können oder wollen, wird es einer meiner Stammkunden erstehen, der den Preis gern bezahlt, weil er weiß, was solche Raritäten wert sind.‹

Ich versuchte es noch einmal: ›Können Sie mir wirklich keinen Nachlaß gewähren? Möglicherweise sind Sie gerade dabei, einen neuen Stammkunden zu verlieren.‹

Der Antiquar schüttelte den Kopf. ›Bedaure. Leider nicht. Ich bin bereits bis an die Grenzen des Möglichen gegangen. Ich bin Geschäftsmann, keine Wohlfahrtsorganisation. Entweder Sie kaufen das Buch zu dem genannten Preis, oder Sie kaufen es nicht.‹

Am liebsten hätte ich ihn mit der Kladde verprügelt! Da stand ich nun kurz vor dem Ziel, mein Rätsel zu lösen, und wegen des Starrsinns dieses Herrn würde ich es verpassen. Mehr noch: Die wenigen flüchtigen Blicke hatten mir gezeigt, daß dort faszinierende Ungeheuerlichkeiten zu entdecken waren! Mir ging es ja gar nicht um den Sammlerwert, sondern wirklich um die Inhalte. Die waren ganz und gar nicht belanglos. Da war der alte Herr Laux in einem schweren Irrtum befangen gewesen. Wahrscheinlich hatte er nur die ersten Blätter gelesen, die in der Tat nichts als Langeweile enthielten. Aber dann …

Ich mußte das Tagebuch besitzen!

›Also gut‹, sagte ich. ›Ich werde das Tagebuch kaufen, doch habe ich nicht soviel Geld dabei. Ich möchte Ihnen eine kleine Anzahlung geben, wenn Sie mir versichern, das Buch dann für mich zu reservieren.‹

›Das läßt sich machen‹, sagte der Antiquar. ›Sehen Sie, ich stelle es hier in die Vitrine für die Raritäten, wo es auf Sie wartet, bis Sie die Gesamtsumme bezahlt haben.‹ Und wie zur Bestätigung, daß die Kladde das Vermögen wert sei, das er dafür verlangte, nahm er sie behutsam auf und legte sie zu den kostbar gebundenen Bänden in die alte englische Vitrine. Ich zahlte an, und er gab mir eine Quittung. Dann ging ich nach Hause.«

Welche Ritual waren das gewesen? Beinahe hatte Benno den Eindruck, als wisse er genau, was er da schrieb. Aber da war eine Barriere, die er unmöglich überwinden konnte.

Am nächsten Tag ging er überhaupt nicht ins Büro. Er besuchte den Antiquar Grassteiner, der keine seiner Erfindungen war.

»Was habe ich überhaupt erfunden? Vielleicht mich selbst?«

Er kicherte so laut, daß die übrigen Leute in der Straßenbahn ihn verständnislos anstarrten. Sollten Sie nur! Wenn er eines Tages berühmt wäre, würden sie sich voller Erregung daran erinnern, mit ihm zusammen in der Straßenbahn gesessen zu haben. Er trat durch die dunkle Toreinfahrt, überquerte den kleinen Hof und öffnete die schwere Eisentür, die in die verwinkelte Halle führte. Er kannte kein Antiquariat, das mehr Bücher beherbergte als dieses. Hier war es herrlich; träumend stand er zwischen den gleichgültig in Reih und Glied paradierenden Bücherrücken.

»Ah, der Herr Durst«, sagte Grassteiner, der sich von seinem Stuhl hinter der Tür erhob und ihm die Hand reichte. »Sie waren ja lange nicht mehr hier. Ich hoffe, es geht Ihnen gut.«

Plötzlich tat es Benno leid, daß er den Buchhändler so schäbig charakterisiert hatte. Er war immer zuvorkommend gewesen, und manchmal hatte er sogar einen kräftigen Preisnachlaß gewährt. »Also eine reine Erfindung«, sagte Benno.

»Wie bitte?« fragte der Antiquar.

»Nichts, nichts. Ich bitte um Verzeihung. Ich möchte nur gern noch einmal bei Ihnen stöbern.«

»Oh, tun Sie das. Ich freue mich.«

Dann ließ er Benno in Ruhe und verzog sich wieder auf seinen Platz hinter der Tür. Benno schätzte die Zurückhaltung des Herrn Grassteiner sehr. Er konnte solche Buchhändler nicht leiden, die jedes beliebige Exemplar, das ihnen in den Laden gekommen war, anpriesen wie Marktfrauen ihr faulendes Obst.

Benno entdeckte zunächst nichts, das ihn interessiert hätte, nichts unter diesen Tausenden von Büchern. Er erinnerte sich an seine Schilderungen in der Geschichte, und wieder mußte er lachen. Herr Grassteiner sah ihn aus seiner Ecke an, mit geneigtem Kopf. Aber er sagte nichts. Benno fand schließlich doch etwas, einen Band mit phantastischen Erzählungen von Lord Dunsany, und hocherfreut lief er zu dem Antiquar und hielt ihm das Büchlein vor. Herr Grassteiner ließ von dem eingeschriebenen Preis ein wenig nach und sagte: »Vor kurzem habe ich eine sehr große Bibliothek gekauft. Leider steht sie noch verpackt in meinem Lagerraum. Aber wenn Sie in zwei oder drei Wochen wiederkommen, gibt es für Sie bestimmt etliche Kostbarkeiten zu entdecken.«

Durch Bennos Körper fuhr ein krampfhafter Schmerz und raubte ihm für einen Moment die Luft. Fast hätte er dem Buchhändler von seiner Geschichte erzählt. Dann erinnerte er sich daran, daß niemand mehr von seinen Werken Kenntnis erhalten sollte. So behielt er die Vorstellung für sich, daß diese noch in

Kisten schlummernde Bibliothek vielleicht eine handgeschriebene Kladde enthielt …

»Es ist verrückt«, entfuhr es Benno, und er schüttelte den Kopf.

Der Antiquar mißverstand ihn und sagte: »Schade, daß Sie dann nicht hier sein können. Aber wenn Sie wollen, werfen Sie doch vorab schon einmal einen Blick in die Kisten. Kommen Sie!«

Bevor Benno etwas antworten konnte, war der Antiquar bereits in den hinteren Räumen verschwunden. Benno folgte nach kurzem Zögern. Es war so, wie er es sich vorgestellt hatte. Wie er es beschrieben hatte. Kisten, Bananenkartons hauptsächlich, bis unter die Decke gestapelt. Er erinnerte sich plötzlich, vor langer Zeit schon einmal in diesem Raum gewesen zu sein. Also entsprach seine Beschreibung einer – wenn auch verschütteten – Erinnerung. Aber wie hatte er die Kisten so sehen können? Er beruhigte sich damit, daß es hier wahrscheinlich immer so aussah und auch dieses Bild lediglich eine Erinnerung war. Erinnerung. Erinnerung … Alles schien aus Erinnerungen zu bestehen. Seine gesamte Phantasie, doch immer erst zu spät konnte er sie zuordnen. Sein ganzes Leben – eine Erinnerung. Dieses Wort war zu einem Hauptwort geworden. War er selbst nur eine Erinnerung? Wer erinnerte sich an ihn? Lebte er noch ein eigenes Leben? Was war das? Was zog ihn beständig zurück, als wolle es ihn auf etwas aufmerksam machen? Auf einen ungeheuer wichtigen Umstand, auf etwas, das er vergessen hatte und dessen er sich erinnern mußte?

Benno bemerkte erst jetzt, daß der Antiquar ihn alleingelassen hatte. Nun gut, er wollte stöbern. Dort unten in der am leichtesten zugänglichen Kiste fing er an. Das erste, was er fand, war ein Buch über Humor; das zweite eines über Ufos. Sein Herz begann zu hämmern, und Schweiß bildete sich auf seinen Handflächen, er ließ feuchte Spuren an den Einbänden zurück. Er warf die Bücher auf den Boden, wühlte wie ein Maulwurf tiefer und tiefer, murmelte unablässig: »Nein, nein, nein, nein …« Doch dann hatte er es gefunden.

Mit zitternden Fingern schlug er die Kladde auf. Seine Kenntnisse der Sütterlin-Schrift waren sehr begrenzt. Er begann zu buchstabieren. Aber da gab es keinen Zweifel: *Tagebuch / von / Schwester Hildemarga.* Er schlug den Deckel so heftig zu, daß es einen satten, dumpfen Knall gab. Staub wirbelte auf. »Was ist Erfindung?« Die Knie wurden ihm weich, und er setzte sich auf den Karton, das geschlossene Buch im Schoß. Er würde es nie aufschlagen, nie lesen. Sein Leben begann zu rutschen, in einen Abgrund, den er schon lange geahnt hatte. Er wußte, daß er dieses Buch kaufen mußte; er zerrte seine Geldbörse hervor und zählte nach. Es reichte nicht. Es reichte nur, wenn es hier eine Abweichung von der Realität in seiner Geschichte gab.

»Ich will nicht!« rief er.

Herr Grassteiner kam herangelaufen und sah Benno auf der Kiste sitzen. »Ist Ihnen nicht gut?«

Benno schaute ihn an und wußte einen Moment lang nicht, wer da vor ihm stand. Dann lachte er. Als er sah, daß sein Gegenüber zwischen Mitlachen und Widerwillen schwankte, verstummte er. Er zeigte das Buch vor und fragte: »Wie teuer? Zu teuer? Sicherlich. Es kostet mindestens mein Leben, wissen Sie?«

Der Antiquar rang noch immer um Geduld und

Fassung. »Nun ja, so teuer wird es schon nicht werden.«

»So, meinen Sie?« sagte Benno leise.

Herr Grassteiner blätterte unschlüssig in dem Buch. Dann sagte er: »Ich lasse es Ihnen für fünf Mark.«

Benno zahlte hastig, ohne ein einziges Wort zu verlieren, griff nach der Kladde und rannte aus dem Laden. In der Bahn wagte er nicht, einen Blick hineinzuwerfen. Auch zu Hause legte er sie ungeöffnet auf seinen Schreibtisch. Aber da lag sie zu nahe bei ihm. Er zwängte sie zwischen zwei ausladende Buchrücken auf seinem Bücherregal, so daß sie kaum zu sehen war. Er mußte das Tagebuch wegschreiben. Es konnte und durfte nicht existieren. Er mußte seine Geschichte ändern. Wenn er seine Geschichte änderte, änderte er auch die Realität.

»Glaubst du das wirklich? Du steckst schon viel zu tief drin.«

»Das ist eine Lüge. Ich verfasse nur eine Erzählung, sonst nichts. Und alles andere ist Zufall. Und ich sollte endlich weiterschreiben.«

»Kannst du das jetzt noch? Weißt du denn nicht, daß du Dinge erfahren wirst, die du nicht erfahren willst?«

»Es gibt nichts, vor dem ich mich fürchten müßte.«

»Es ist schön, daß du das glaubst.«

»Halt den Mund!«

Und er nahm die Blätter vor und schrieb weiter.

»Ist es ein Wunder, daß ich in jener Nacht schlecht schlief? Ich sah die Nonnen vor mir, wie sie ihre Schwarze Messe lasen und Ausblicke in Realitäten erhielten, die keines Menschen Auge je zuvor gesehen hatte. Ich sah auch den Alten vor mir, von dem sie ihre obskure Kunst gelernt hatten, und was ich sah, war abscheulich. Und dann war ich ein Zuschauer ihrer frevlerischen Zeremonien, ein versteckter Zuschauer, doch sie entdeckten mich. Sie kamen auf mich zu, und ihre Gesichter waren nicht mehr menschenähnlich. Eine hielt ein langes blutiges Messer in der Hand. Ich war froh, als ich erwachte.«

Er vermochte nicht, mit dem Schreiben fortzufahren. Stundenlang saß er vor dem Papier und wußte nicht, worüber er nachsann. Dann ging er zu Bett. Er träumte von den Nonnen. Eine sagte zu ihm: »Du wirst es lesen.« Und er erwachte schweißüberströmt. Da ging er zu seinen Büchern und suchte nach der Kladde. Er zog sie mit zittrigen Händen hervor und schlug sie auf. Blatt für Blatt blätterte er sie durch. Es war kein Tagebuch. Es war eine Anklageschrift.

Und Benno erinnerte sich, wie er während der Messe Papierkügelchen aus mitgebrachten Blättern drehte und sie mit einem winzigen Blasrohr auf die Rücken und Nacken der Nonnen abschoß. Und ihre boshaften Blicke! Nein, das war es nicht gewesen. Er war immer ein Musterknabe gewesen. Alle Leute waren entzückt von ihm und beglückwünschten seine Eltern zu solch einem Prachtjungen. Und sie waren immer ganz stolz gewesen.

Draußen.

Nach außen hin.

Wie oft hatte seine Mutter ihn geschlagen. Und eingesperrt. Sie wurde nicht mit ihm fertig. Er biß sie. Und dann war er wieder lieb, als könnte er kein Wässerchen trüben.

Nein, das war ein anderes Leben. Warum glaubte er, sich plötzlich an so etwas zu erinnern? Etwa weil es in der Kladde stand? Sollte er sich von bloßen Wörtern verrückt machen lassen? Er hatte eine glückliche Kindheit verlebt. Alles andere war Lüge.

Wie kamen diese Wörter dort hinein?

Er bildete sich das alles nur ein. Es war wichtig, endlich in sein eigenes Leben zurückzufinden. Er entschloß sich, am Morgen wieder zur Arbeit zu gehen.

Herr Bandmann begrüßte ihn. »Oh, Herr Durst? Wieder auferstanden von den Toten? Dabei sehen Sie schrecklich aus. Sind wohl immer noch krank, nicht wahr? Wo pressiert's denn? Grippe? Oder gar was Ernstes? Na ja, geht mich nichts an. Hauptsache, ich muß hier nicht alles allein machen.«

»Seien Sie doch bitte still!« sagte Benno scharf. Er fühlte sich einem Verhör durch seinen Kollegen nicht gewachsen.

Herr Bandmann verstummte und sagte den ganzen Tag über nichts mehr. Benno aber gelang es nicht, sich in den Alltagstrott zu vergraben. Immer wieder zerrten ihn seine Gedanken zu der Kladde und den Ungeheuerlichkeiten, die darin standen. Wenn auch nur ein einziges Wort davon wahr sein sollte, so war er ein menschliches Monstrum, gehörte aus dem Verkehr gezogen, eingesperrt für den Rest seines Lebens in eine Anstalt … Aber er hätte dies alles nicht vergessen können. Die Kladde existierte nicht wirklich. Seine überreizten Nerven mußten ihm etwas vorgegaukelt haben. Er war zu weit in seiner Geschichte aufgegangen. Es wurde Zeit, daß er ein wenig Abstand gewann.

Am Abend versank er wieder in seiner Geschichte. Er schrieb sie weiter.

»Den Tag über war ich unkonzentriert, ich fieberte dem Abend, dem Tagebuch entgegen, und ich machte ein wenig vor der Zeit Schluß, um einen früheren Bus zu erwischen. Ich konnte nicht mehr warten.

Schon am Morgen hatte ich mir ausreichend Geld eingesteckt. Als ich das Antiquariat betrat, kam mir der Buchhändler sofort entgegen. Seine maskenhaften traurigen Augen blickten noch trüber als gestern. Er erkannte mich sofort wieder.

›Sie wollen die Kladde holen, nicht wahr?‹

Ich nickte. Weshalb, zum Teufel, sollte ich sonst wiedergekommen sein?

Der Antiquar ging zu seinem Schreibtisch, zog eine Lade auf und gab mir den Geldschein zurück, den ich ihm am Tag zuvor als Anzahlung dagelassen hatte. ›Tut mir leid, aber das Buch ist weg. In der vergangenen Nacht ist bei mir eingebrochen worden, und man hat mir etliche wertvolle Stücke gestohlen, darunter auch Ihr Tagebuch. Ich hätte es vielleicht nicht in die Vitrine legen sollen. So wußten die Gangster, wie wertvoll es ist.‹

Mir blieb die Luft weg, so daß ich ihn nicht zur Rede stellen konnte. In hilfloser Wut rannte ich aus dem Laden und hätte beinahe eine Gruppe von Nonnen umgerannt. Ich murmelte eine Entschuldigung und sah ihnen nach, wie sie um eine Ecke in einer Seitenstraße verschwanden. Es waren vier gewesen.«

Damit war das Tagebuch verschwunden. Nun mußte Benno dieses Verschwinden auch in seiner Realität in die Tat umsetzen. Er sah nach. Die Kladde war noch da. Er nahm sie, warf keinen weiteren Blick hinein – er hatte noch längst nicht alles darin gelesen, nein, tatsächlich waren es nur wenige Worte gewesen –, sondern klemmte sie unter seinen Arm und ging hinaus.

Das Wetter war schön, warm, mild. Er ging zum Friedhof Melaten. Er wollte das Tagebuch zurückbringen. Dorthin, wo es hingehörte. Er hastete durch das Portal, sah nicht nach rechts, nicht nach links, suchte das Grab der Schwestern – und fand es nicht mehr. Nach langem Umherirren stand er vor dem Sensenmann, der ihn eindringlich daran erinnerte, daß er seine Geschichte beenden mußte. Nichts durfte offengelassen werden. Alles mußte dorthin zurückkehren, wo es entstanden war. Das war das Gesetz des Schreibens, das Gesetz des Schaffens. Und das Schicksal des Hartmut Schwartz und Jos Schicksal und so weiter. Alles mußte sich erfüllen. Dann würde alles gut werden.

Benno ging den Weg, den er schon beschrieben hatte, den asphaltierten, kam an dem Mausoleum vorbei, aus dessen Dach ein kleiner Baum wuchs, und wie der Baum wuchsen die Bilder in seinem Kopf. Er wollte sie nicht sehen und schüttelte sie fort. Dann hatte er endlich das Grab gefunden. »Da seid ihr ja, ihr

Hexen!« rief er. Eine alte Frau, die mit der Pflege des Nachbargrabs beschäftigt war, sah zu ihm auf, raffte ihre Sachen zusammen und lief fort. Benno ließ sich nicht beirren. »Ihr könnt mich nicht fertigmachen! Ich glaube nicht an eure Märchen! Da habt ihr euer Geschmier zurück!« Und er warf die Kladde mitten in das Efeu auf dem Grab.

Er traute seinen Augen nicht.

Durch das Efeu ging eine Wellenbewegung, als würfe sich die Erde auf, und die Kladde versank immer tiefer in dem gierigen Grün. Dann war sie verschwunden. Jetzt hatten die Hexen ihr Eigentum zurück. Jetzt würden sie Ruhe geben, und er konnte getrost seine Geschichte vollenden.

Aber begreifst du denn nicht, was da gerade passiert ist?

Das durfte nicht sein! Benno kniete nieder und fuhr mit den Fingern durch das Efeu, wühlte die Erde darunter auf, bis er unsanft am Kragen gepackt und hochgezerrt wurde. Er drehte sich um. Ein Friedhofswärter stand hinter ihm. »Und das am hellichten Tage! Ihr werdet auch immer dreister. So, und nun kommst du schön mit, mein Lieber.« Er packte Benno am Arm und schleifte ihn zum Wärterhäuschen am Eingang. Er wurde dazu genötigt, sich auf einen wackligen Stuhl zu setzen, und der Wärter sagte: »Bevor ich die Polizei rufe, hast du Gelegenheit, mir zu sagen, was du da gemacht hast.«

Benno erklärte ihm alles. Die Augen des Wärters wurden immer größer. Dann sagte er: »Eigentlich sollte man dich in die Klapse stecken. Aber nun mach, daß du Land gewinnst, bevor ich es mir anders überlege. Und vor allen Dingen, laß dich bloß nicht noch mal erwischen!« Benno senkte demütig die Augen, denn er verstand allzugut, daß der Friedhofswärter im

Augenblick Macht über ihn hatte. Er stand auf und ging gemessenen Schrittes davon, um jedem, der das sah, zu zeigen, wer in Wirklichkeit in die Klapse gehörte. Irgendwie aber sollte er dem Wärter auch dankbar sein, denn er hatte Benno auf eine weiterführende Idee gebracht.

Als er vor dem bisher Geschriebenen saß und es durchsah, wunderte er sich wieder über die eigenartige Vermengung der beiden Realitäten, der in seiner Geschichte und der seines Lebens. Sollte der Verleger doch recht gehabt haben? Waren alle seine literarischen Versuche nur Schritte hin zur Lösung eines großen Rätsels, eines Rätsels, das er selbst war? Er wußte etwas über sich selbst, aber er wußte nicht, was es war. Um nicht an seinen Gedanken zu zerschellen, schrieb er weiter. Die Buchstaben, die Wörter waren ein Gerüst, an dem er sich aufrichten und wieder zu sich selbst finden konnte.

»NUN WAR ICH endgültig am Ende. Das Tagebuch war verschwunden, und es bestand keine Möglichkeit, es zurückzubekommen. Traurig ging ich nach Hause. Ich machte mir einen Kaffee und grübelte. Dann schaute ich mir im Fernsehen einen Film an. Darin tauchten plötzlich vier Nonnen auf, die mit einem bösen Grinsen in die Kamera schauten. Ich war der platten Handlung nicht gefolgt, daher weiß ich nicht, ob die Schwestern etwas in dem Film zu suchen hatten, aber ich fürchtete mich vor ihnen. Sie wurden ausgeblendet und kamen nicht mehr vor.

Am nächsten Morgen wachte ich mit rasenden Kopfschmerzen auf, die mich den ganzen Tag über nicht verließen. Irgend etwas war in der Nacht, im Traum geschehen. Ich kann es Ihnen nicht beschreiben, weiß es selbst nicht mehr. Aber ich weiß, daß ich noch nie, nicht im wachen und nicht im schlafenden Zustand, eine solche Angst gefühlt hatte wie in jener Nacht. Und auch die Arbeit machte mir angst. Mehr als einmal hörte ich es hinter mir rascheln, doch als ich mich umdrehte, war es still. Der Sensenmann lachte dazu, als wisse er genau, was da vorging. Ich wollte mich nicht mehr mit dem Rätsel befassen, es war im wesentlichen gelöst, und was die Einzelheiten anging, so konnte ich nicht weiterkommen.

Plötzlich erinnerte ich mich an die Tagebucheintragung, der zufolge eine weitere Schwester in eine der Zeremonien geplatzt war. Was wäre, wenn ich sie ausfindig machen könnte? Ich sträubte mich gegen diesen Gedanken, ich weiß nicht warum. Aber wahrscheinlich war mir unbewußt schon einiges klar. Dennoch hatte sich die Überlegung in mir festgesetzt. Aber am gleichen Abend konnte ich nichts mehr unternehmen, die Kopfschmerzen waren zu arg. Als ich zur Pforte ging, sah ich eine in Schwarz gekleidete Frau; sie hatte so schnell meinen Weg gekreuzt, daß ich nicht sagen kann, ob sie im Habit war. Ich sagte mir, daß dies ein klassischer Fall von selektiver Wahrnehmung sei, ich sah nur noch das, womit meine Gedanken sich intensiv beschäftigten. Dann kam der Schrei. Es war ein Schrei, wie ich noch nie einen gehört habe. Er stammte mit Sicherheit von einem Menschen. Doch vermag ich mir nicht vorzustellen, was einen Menschen dazu veranlassen kann, einen solchen Laut von sich zu geben. Und – er war ziemlich nahe gewesen! Gerade so, als hätte sein Urheber nur ein paar Schritte neben mir gestanden. Ich zuckte zusammen und blickte mich um. Ich sah nichts und niemanden. Meine Kopfschmerzen wurden stärker.

Am Abend lenkte ich mich mit der Lektüre eines spannenden Kriminalromans ab, und die Kopfschmerzen ließen tatsächlich nach. Ich versuchte nicht mehr an die Nonnen zu denken. Doch am folgenden Morgen hatten sie sich wieder in meinen Gedanken eingenistet. Konnte ich sie loswerden, wenn ich der letzten verbliebenen Spur nachginge? Ich entschied mich dafür, und schon am Abend war ich wieder in dem Altenheim am Aachener Lindenplatz. Ich trat an die Rezeption und sah mit Erleichterung, daß jemand anderes Dienst hatte. Es war ein sehr junges Mädchen, das zu mir aufsah und mich freundlich grüßte. Sie hielt mich wohl für einen Besucher. Ich ließ sie in ihrem Glauben und ging freundlich nickend an ihr vorbei direkt zu den Aufzügen. Natürlich wollte ich nicht die Oberin aufsuchen. Wie aber sollte ich weitere Informationen erhalten? Ich nahm mir vor, einfach eine Schwester anzusprechen, die ihrem Alter nach in die Zeit der Vorfälle passen könnte. Die erste, die ich fragte, verstand nicht, worauf ich hinauswollte, ich mußte brüllen, so schwerhörig war sie. Erst nach langem Hin- und Hergeschrei sagte sie mir, daß sie nichts von den vier Schwestern wisse, von denen nicht und auch nicht von einer Schwester Adelgundis. Bei der zweiten hatte ich ebenfalls kein Glück. Sie war gerade damit beschäftigt, das Abendessen auf den großen Rollwagen abzuzählen und zu kontrollieren. Nein, sagte sie, sie sei erst 1979 hierhergekommen, es täte ihr leid, mich enttäuschen zu müssen. Vielleicht aber könne mir die Stationsvorsteherin weiterhelfen. Sie erklärte mir den Weg, und ich dankte ihr.

Als ich durch die Gänge schritt, ließ mich jeder Anblick einer Nonne zusammenzucken. Ihr schwarzes Habit, die Hauben, die verschränkten Arme ängstigten mich; jedesmal glaubte ich, daß sich jemand anderes dahinter verberge.

Endlich hatte ich das mit einer großen Scheibe vom Gang abgetrennte Zimmer gefunden. Die Tür stand offen. Ich klopfte trotzdem, und eine gebrechliche Nonne sagte mit leiser Stimme: ›Kommen Sie nur herein.‹ Ich fragte sie ohne Umschweife nach den vier Nonnen. Sie antwortete: ›Ja, daran erinnere ich mich. Aber da gibt es nicht viel zu berichten.‹ Ich war froh, daß sie sich nicht nach dem Grund für meine Neugier erkundigte. ›Ich kann Ihnen nur wenig sagen. Es ist allein Sache der Mutter Oberin, hierüber Auskunft zu erteilen. Soll ich bei ihr vorsprechen und Sie anmelden?‹ Ich verneinte. ›Ja, dann befürchte ich, daß ich Ihnen nicht helfen kann.‹ Und sie wandte sich wieder ihrer Tätigkeit zu. Doch nur für wenige Augenblicke. Dann winkte sie mich in einer Verschwiegenheit fordernden Geste ganz nahe zu sich und flüsterte fast: ›Die vier waren von Gott abgefallen.‹ Sie schaute sich um, ob jemand den Gang entlangkäme, bevor sie fortfuhr: ›Manche von uns waren erleichtert, als jener – jener Unfall passierte.‹

›Und was geschah mit Schwester Adelgundis?‹ Ich ertappte mich dabei, daß auch ich fast flüsterte.

›Die gehörte nicht richtig dazu, wollte es aber immer. Ein irregeleitetes Schaf. Stand ganz im Bann der vier. Und als sie gewahr wurde, was die Schrecklichen trieben, hat sie es der Oberin gepetzt.‹ Die Stationsvorsteherin kicherte. ›Das war nur wenige Tage vor dem Brand.‹

›Kann ich mit Schwester Adelgundis sprechen?‹ fragte ich.

›Was wollen Sie denn von Schwester Adelgundis? Ich kann Ihnen auch alles beschreiben, sogar in welcher Art sie gotteslasterlich wurden.‹ Sie kicherte immer noch. ›Hantierten mit Kerzen und Kreuzen herum, in gar nicht schicklicher Weise, wenn sie verstehen …‹

›Sagen Sie mir bitte, wo ich Schwester Adelgundis finden kann.‹

Die Stationsvorsteherin schwieg abrupt, richtete sich auf und strich die Kutte glatt. ›Ich fürchte, das ist nicht möglich. Adelgundis lebt nicht mehr unter uns. Ob sie überhaupt noch lebt, weiß ich nicht. Sie hat uns bald nach dem Feuer verlassen. Sie war es auch gewesen, die auf den Brand aufmerksam gemacht hat. Ihr Haar, vorher noch kastanienbraun, war schlohweiß geworden. Man munkelte damals, daß man sie in die Landesheilanstalt Düren habe einliefern müssen. Mehr kann ich Ihnen nicht sagen.‹

Ich beschloß, auf dem Rückweg in Düren aus dem Zug zu steigen. Schließlich lag es am Weg. Erschöpft ließ ich mich in den übelriechenden Plastiksitz fallen. Mit einem Ruck ging es los.«

Der Gedanke, in der Landesheilanstalt zu recherchieren, gefiel Benno überhaupt nicht; er bereitete ihm großes Unbehagen. Es würde genügen, daß er sich hier mit allgemeinen Beschreibungen beschiede. Es mußte genügen. Wieder war es zu spät geworden. Er fühlte sich überarbeitet und ging zu Bett. Er träumte, er schlafe ein. Und sein Traum handelte von einem schrecklichen Jungen, der eine Geißel seiner Umwelt war. Und in einem Traumspiegel sah Benno, daß er selbst dieser Junge war. In dieser Lüge erwachte er.

Suchte er wirklich sich selbst? Es war dumm von ihm gewesen, das Buch fortzuwerfen, die Kladde mit der Sütterlinschrift, die Anklageschrift. Was hatte darin gestanden? Er versuchte sich zu erinnern, aber es gelang ihm nicht mehr. Geraunte Wahrheiten. Er mußte die Kladde wiederfinden. War sie tatsächlich in dem Grab versunken? Hatten die Schwestern sie zurückverlangt? Er mußte einer Sinnestäuschung erlegen sein: Wind, der über das Efeu strich und es in wellenförmige Bewegung brachte, gerade in dem Moment, als die Kladde durch die Blätterschicht versank.

Hatte er das Buch überhaupt besessen? Sicher, er hatte es beschrieben, und Dinge, die er beschrieb, paarten sich mit den Dingen, die er erlebte. Aber war es auch hier so gewesen? Seine Gedanken fanden keinen Halt mehr.

War er in dem Antiquariat des Herrn Grassteiner gewesen?

Oder war auch das alles eine Erfindung?

Hatte er sich selbst beschrieben, wie er die Buchhandlung betrat?

Es gab nur einen Weg, dies herauszufinden.

Der Abend des nächsten Tages – Benno hatte sich erneut bei der Büroarbeit erschöpft, Herr Bandmann hatte kein einziges Wort mit ihm gesprochen und ihn nur hin und wieder seltsam angeschaut – sah Benno bei dem Antiquar Grassteiner eintreten.

»Ah, der Herr Durst«, sagte Grassteiner. »Haben Sie gestern etwas vergessen?«

»Ich – ich – gestern – habe ich das Buch – die Kladde hier liegengelassen?« stammelte Benno, dem eher zum Schreien zumute war.

»Ich glaube nicht«, sagte Herr Grassteiner. »Ich kann mich daran erinnern, daß Sie es in der Hand hielten, als Sie den Laden verließen. Aber ich kann trotzdem gern noch einmal danach suchen.« Und tatsächlich machte er sich auf die Suche.

Währenddessen schaute sich Benno um, gehetzt von der Vorstellung, daß alle diese Bücher mit allen ihren Welten nur darauf lauerten, ihn zu verschlingen. Und da sah er auch schon ein in Halbleinen gebundenes Büchlein in dem gleichen Format wie das verlorene. Er sprang zu dem Regal, zog es heraus, und es fiel zwischen seinen zittrigen Fingern zu Boden. Dort öffnete sich ein kleiner Luftschacht, den Benno nie zuvor bemerkt hatte. Das Buch fiel hinein. Benno bückte sich, tastete mit den Fingern danach, aber der Schacht war zu tief. Er war eng. Benno befühlte die Wände. Sie waren warm und klebrig. Hinter sich hörte er Schritte. Er erhob sich eilends, und ihm wurde schwindlig. Er hielt sich an einem der Regale fest. Er starrte es an. Es war angefüllt mit in Halbleinen gebundenen Kladden. Eine neben der anderen. In Reih und Glied. Eine angetretene Kompanie.

»Ich habe es nirgends finden können«, sagte der Antiquar.

»Und was ist das hier?« keuchte Benno. Er wollte auf das Regal deuten, hatte aber seine Bewegungen nicht unter Kontrolle und ruderte nur wild mit den Armen. Mit großer Anstrengung gelang es ihm, aus dem Laden hinauszusteuern, und dann rannte er, rannte Passanten um, rannte, bis er plötzlich stehenblieb und sich besann. Die Passanten waren schwarz gekleidet gewesen, als würden alle zu einer Beerdigung marschieren. Doch nun waren sie verschwunden. Wohin? Benno holte tief Luft.

Laß dich doch nicht verrückt machen.

Du machst dich selbst verrückt.

Such nicht weiter nach dem, das du schon lange kennst!

Das Buch mußte noch auf dem Friedhof sein. Irgendwo verborgen unter den Efeublättern. Also fuhr er dorthin zurück. Aber er nahm einen anderen Eingang, wollte nicht dem Wärter erneut in die Arme laufen. Bei jeder Wegbiegung und Abzweigung spähte er vorsichtig in alle Richtungen. Er wurde nicht beachtet, nicht behelligt, nicht bekämpft. Endlich stand er wieder vor dem Grab. Er bückte sich und tastete mit der Hand zwischen und unter den Efeublättern umher.

Da hörte er hinter sich eine Stimme. »Deine Suche ist längst vorbei. Du weigerst dich, dies anzuerkennen. Warum hast du nur solche Angst vor dir? Soll ich es dir sagen? Weil dein Leben eine Lüge ist.«

Benno verharrte in gebückter Stellung. Er wagte nicht, sich umzuschauen. Es war eine alte, uralte weibliche Stimme. Er sagte nur leise: »Jedes Leben ist eine Lüge.«

Die Stimme ließ sich nicht beirren. »Denk an deine Vergangenheit. Erinnerst du dich, daß du das Auto deines Vaters ausgeborgt hattest, um eine deiner Spritztouren zu machen?«

Ja. Der weiße Ford Taunus. Wie so oft. Die Sonne stand abendtief. Benno fuhr in den Norden Kölns, wo einige verkümmerte Haine an Wald erinnerten. Dort wollte er umherspazieren. Bereits auf der Hinfahrt hatte er bemerkt, daß die Bremsen nicht einwandfrei funktionierten. Er blieb lange im Wald. Und als wolle er sich von allen Tagen verabschieden, beugte er sich dem roten Glutball entgegen, den ein Wipfel aufgespießt hatte, für kurze Zeit nur, dann senkte sich die Kühle des Frühherbstabends zwischen den Stämmen zu Boden. Benno war zufrieden. Er liebte dieses Bild, diese Stimmung, wie sie aus seiner Kindheit kamen, aus glücklichen Zeiten. Und er wollte nie wieder in die Gegenwart zurückkehren. Aber es blieb ihm keine Wahl. Vorsichtig fuhr er zurück. Seine Mutter erwartete ihn mit einem guten Abendessen, als hätte sie etwas zu verbergen.

»Warum hast du ihnen nichts von den defekten Bremsen gesagt?«

»Ich – ich hatte es vergessen.«

»Und warum bist du am folgenden Tag nicht mit zu deiner Großtante gefahren?«

»Sie hat mir nie viel bedeutet.«

»Hast du vergessen, daß sie deine Lieblingstante war? Hast du vergessen, wie gern du sie besucht hast, wenn auch nur wegen des vielen Geldes, das dich dort erwartete? Und es war das erste Mal, daß deine Eltern ohne dich fuhren.«

»Ich hatte keine Zeit.«

»Du hast den ganzen Tag zu Hause gesessen und auf die Nachricht gewartet.«

»Auf welche Nachricht?«

»Auf die Nachricht ihres Todes. Und sie kam. Und du tatest bestürzt. Aber du weißt selbst am besten, wie es in deinem Innern ausgesehen hat.«

»Aber ich habe doch gar nichts getan! Was konnte ich denn dafür, daß die Bremsen defekt waren? Es hätte mich tags zuvor genauso treffen können!«

Benno sprang auf, Tränen in den Augen. Hinter dem Schleier glaubte er eine schwarze Gestalt zu sehen. Doch nein, es war nur ein Baum. Wie hatte er sich so täuschen können? Und welche absurden Gedanken hatte er da gehegt? Es war natürlich Unsinn, er wußte es besser als diese Schemen!

Seine Erinnerungen waren schwarz. Wie eine Sturzflut brachen sie durch den Damm des Vergessens. Doch es waren zu viele. Er konnte sie nicht erkennen. Sie schmeckten verpestet, rochen wie geöffnete Gräber, fühlten sich an wie klebrige, weiche Rückstände einer unbekannten Masse. Er verlor das Gleichgewicht und schlug schwer auf dem Grab auf. Efeu verfing sich in seinen Haaren, und harte, uralte Wurzeln schnitten ihm ins Fleisch. Der Efeu wurde rot. Dann kam die Schwärze …

Und er erwachte in Schwärze. In Schwärze und Kälte. Blätter stachen ihm ins Gesicht. Wo war er? Der Friedhof unter fahlem Mondlicht. Tautropfen glänzten an den Gräsern, Tautropfen wie kleine Hohlwelten, Wasserwelten mit Wasserwesen und Wassergedanken und Wasserleiden. Und er spiegelte sich darin, wenn er nahe genug an sie herankam, wenn er klein genug wurde. Er setzte sich auf. Nur vereinzelte Autos fuhren vorbei, weit, weit fort. Obwohl doch die Straße nicht so fern lag.

Rascheln!

Ein Eichhörnchen vielleicht. Benno konnte nichts sehen. Er mußte vorsichtig sein, denn sicherlich fuhr auch auf diesem Friedhof nachts eine Streife umher. Er durfte sich nicht erwischen lassen. Es wäre das zweite Mal. Und da gäbe es kein Pardon mehr. Und in der Tat: Bald sah er einen gelben Lichtschein vor sich, noch weit entfernt, und er hörte das Surren eines Dynamos, das Rollen eines Fahrrads. Schnell duckte er sich in den Mondschatten eines großen Baumes, hielt den Atem an und wartete. Das Fahrrad fuhr an ihm vorbei, langsam, als wisse der Fahrer, daß sich hier jemand unbefugt herumtrieb. Aber der Fahrer stieg nicht ab. Endlich war er verschwunden.

Aufatmend kam Benno aus dem Schatten hervor. Da stand jemand. Eine hohe schwarze Person. Sie sagte: »Du wirst nicht mehr lange Glück haben.«

»Habe ich schon jemals Glück gehabt?«

»Mehr, als du weißt.«

»Wer bist du?«

»Deine Führerin. Ich werde dich dorthin führen, wo du hingehörst. Warte es ab.«

Und sie war verschwunden.

Benno ging zur Umfassungsmauer. Sie war zu hoch für ihn. Er war bis zum Morgen eingesperrt. Der Mond wurde von Wolken verschluckt, und es begann zu regnen. Benno entsann sich des Mausoleums mit dem Bäumchen auf dem Dach, ging vorsichtig dorthin. Niemand begegnete ihm. Er setzte sich auf die kalte Steinbank und war bald eingeschlafen. Seine Träume waren wirr. Vergangenheit, unmögliche Gegenwart, schwarze Zukunft. Der Morgen weckte ihn. Schritte, die an ihm vorbeigingen, ein Gesicht, das ihn angewidert anblickte. Er rappelte sich auf, streckte die kalten Glieder und ging sofort zum Büro.

Natürlich kam er zu spät. Ungewaschen und unrasiert, wie er war, bot er sicherlich einen seltsamen Anblick. Er konnte sich selbst davon überzeugen, als er an der Spiegelfassade des großen Gebäudes entlangging. Sein Chef ließ ihn zu sich kommen und machte ihm Vorhaltungen. Benno hatte in den vergangenen Wochen etliche Fehlentscheidungen getroffen. Es machte ihm nichts aus, abgekanzelt zu werden, er wünschte sich nur fort, fort nach Hause, um in seiner Geschichte verschwinden zu können, um sich wieder an ihr aufzurichten und die verrückten Erinnerungen wegzudrängen. Und er saß vor seinen Akten und träumte von der Entwicklung der Geschichte. Aber als er dies tat, wurde ihm wieder bewußt, wie viel sie mit seiner eigenen Vergangenheit zu tun hatte. Verfluchter Verleger! Er hatte eine Lawine losgetreten, er hatte Benno aus seiner paradiesischen Unschuld herausgerissen und ihn in die Gosse gedrängt. Schande über diesen Kerl! Man sollte ihn umbringen, ihn zertreten wie ein lästiges Insekt!

Dieser Gedanke gefiel Benno immer besser, und nur die literarische Arbeit hielt ihn von der Überlegung ab, wie er einen perfekten Mord begehen könne. Vielleicht ließ sich der alte Zustand doch wiederherstellen. Es fiel ihm schwer, sich auf die Handlung zu konzentrieren. Wo war er stehengeblieben? Bei der Suche nach der fünften Schwester, bei der Fahrt nach Düren zur Landesheilanstalt. Zu einem unheimlichen Ort, an dem sich alle Grenzen vermischten. Er saß im Zug, sah die Sitze, die vorbeihuschende Landschaft, fühlte die Sonne auf seiner Haut. Doch irgend etwas stimmte nicht.

»ZUERST DACHTE ICH, es sei ein geöffnetes Fenster oder ein knirschender Sitz. Aber was da hinter mir ertönte, war ein eindeutiges Zischeln. Es war unendlich leise, und doch verstand ich es so deutlich, als würde es direkt in mein Ohr geflüstert. Es war eine weibliche Stimme; manchmal vermeinte ich auch weitere Stimmen zu hören, und sie verfluchten und verwünschten mich mit Worten, die ich nicht wiedergeben kann. Ich sprang auf, warf meine Angst fort, drehte mich blitzschnell um – doch da saß nur ein älterer Herr, der mich verdutzt anschaute. Verwirrt kehrte ich auf meinen Platz zurück. Das Zischeln setzte wieder ein. Ich versuchte, mir die Ohren zuzuhalten, doch es nützte nichts. Das Zischeln war in mir!«

So war es. »Du glaubst, du kannst mir entkommen, wenn du dich in deine Phantasiewelten begibst. Aber es gibt keine Phantasie. Es gibt nur Spiegelungen der Realität. Phantasie ist die Übersetzung der Realität, nur eine andere Sprache für dieselben Dinge.« Benno drückte so heftig auf den Kugelschreiber, daß seine Hülle splitterte. Im Blatt war nun ein Loch. Er warf den Stift fort und hielt sich die Ohren zu. Dann holte er einen neuen Kugelschreiber, die Stimme war verstummt.

Damit dies so blieb, schrieb er weiter.

»DÜREN! ICH SPRANG aus dem Zug, nahm mir ein Taxi, das Geld war mir gleichgültig. Ich konnte die Stimmen erst abschütteln, als ich in das Foyer der Landesklinik trat. Ich fragte nach Schwester Adelgundis, und die junge Frau am Empfang teilte mir freundlich mit, daß niemand dieses Namens in der Klinik beim Pflegepersonal arbeite.

›Doch nicht als Krankenschwester!‹ rief ich ungeduldig. ›Ich meine eine Patientin, eine Nonne aus dem Orden der …‹

Die junge Frau blätterte in engbedruckten Computerauszügen. Dann teilte sie mir die Zimmernummer mit, fügte aber hinzu, daß es schon zu spät sei, Besuch könne nicht mehr geduldet werden. Erst als ich den zuständigen Arzt zu sprechen verlangte, lenkte sie ein. ›Nunja‹, sagte sie. ›Ihr Zustand ist stabil. Eigentlich kann ein kurzer Besuch nicht schaden, aber ...‹

›Ach, Sie kennen sie persönlich?‹ fragte ich.

›Ja‹, sagte sie. ›Adelgundis ist eine ruhige alte Dame, die weniger aus therapeutischen Gründen noch hier ist, sondern weil sie niemanden hat, bei dem sie leben könnte. Ihr Orden will sie nicht mehr. Meistens sitzt sie in ihrem Rollstuhl und starrt vor sich hin, aber manchmal spricht sie sogar ein paar Worte. Ich habe mir sagen lassen, daß dieser Zustand schon fast zwanzig Jahre anhält. Sie scheint weder für sich noch für andere eine Gefahr zu sein. Sie hat noch nie Besuch bekommen.‹

Ich nahm die Gelegenheit beim Schopfe und sagte: ›Ich bin ein entfernter Verwandter und habe lange Zeit im Ausland gelebt. Erst jetzt habe ich zufällig von ihrem Schicksal erfahren und mich direkt auf den Weg hierher gemacht. Es war leider nicht möglich, daß ich früher eintraf. Sie verstehen, die öffentlichen Verkehrsmittel ...‹ Ich sah in den Augen der jungen Frau, daß ich gewonnen hatte. Sie rief einen Pfleger, der mich zu Adelgundis führte.

Sie saß in einem Rollstuhl in einem kleinen Zimmer, in dem außer einem alten Schrank nur ein Tisch und ein Krankenbett standen. Der Pfleger ließ mich mit ihr allein. Nichts an Adelgundis deutete darauf hin, daß sie mich wahrnahm. Sie stierte in imaginäre Fernen und saß wie eine Leiche in ihrem Stuhl. Nur ihr schmaler, zusammengekniffener Mund bebte. ›Schwester Adelgundis?‹ sagte ich. Keine Antwort. ›Können Sie mich hören?‹ Keine Antwort. ›Ich bin zu Ihnen gekommen, weil ich Sie über Ereignisse befragen möchte, die schon zwanzig Jahre zurückliegen. Erinnern Sie sich an das Franziskuskloster?‹

Ich vermeinte zu erkennen, daß ihre Lippen stärker zitterten. Mutig ging ich einen Schritt weiter. ›Was ist an jenem Tag passiert, als vier Ihrer Mitschwestern verbrannten? Was haben Sie gesehen?‹

Zum ersten Mal bewegte sie sich. Sie schaute mich an, und tief in ihren Augen spiegelte sich so etwas wie eine Erinnerung an jenen schauerlichen Tag. ›Sie sind Zeuge eines gewissen Rituals gewesen?‹ setzte ich nach. ›Ich habe im Tagebuch der Schwester Hildemarga gelesen.‹

Ihre Lippen bebten nicht mehr. Sie waren leicht geöffnet, und ein Laut wie ein unterdrücktes Blubbern quoll zwischen ihnen hervor. Er ging über in ein Grollen, die Lippen öffneten sich weiter, und das Grollen wuchs zu einem Schrei, einem Schrei, der aus den Tiefen der Hölle kam. Sie rührte sich nicht, nur der Schrei schien zu leben. Er schwoll an und schwoll an. Er erfüllte die Welt, nichts konnte daneben noch bestehen.

Ich hörte nicht, wie der Pfleger hereinstürzte, wie er die Nonne anbrüllte, ich sah nicht, wie Entsetzen in seine Augen trat; dieser Schrei sog die Wärme aus dem Zimmer und hinterließ Eiseskälte, in der wir zu gefrieren drohten. Ich riß mich zusammen und hastete aus dem Zimmer, noch auf dem Gang verfolgte mich der Schrei. Niemand hielt mich auf, die Rezeption war jetzt unbesetzt, ich lief einfach fort, fort, nur fort, irgendwo fand ich ein Taxi, irgendwie gelang es mir, dem Fahrer mein Ziel klarzumachen, er fuhr mich zum Bahnhof, lange stand ich auf dem Bahnsteig, allein, schwarze Schemen flanierten auf und ab, und das Zischeln setzte wieder ein, es verließ mich während der ganzen Fahrt nicht.

Früh am nächsten Morgen rief ich die Landesklinik an und erkundigte mich nach Schwester Adelgundis. Man wollte unbedingt meinen Namen wissen, wollte wissen, was ich der alten Frau angetan hätte, beschwor mich, daß ich mich offenbarte, und endlich erfuhr ich, daß sie während ihres Anfalls gestorben war. Ich legte auf.«

Nun war jeder Weg zur Erfahrung blockiert. So mußte es sein. Jetzt konnte die Hauptperson, der Held, nichts weiter herausfinden. Er war gerettet.

»Es gibt keine Rettung.«

Wer hatte das gesagt?

Er selbst?

Warum belog er sich?

Nun, die Geschichte mußte ein Ende haben. Wenn er sie im Sande verlaufen ließ, würde niemand Gefallen an ihr finden. Und sie sollte doch veröffentlicht werden. Sie sollte der Grundstein sein für seinen Weg nach oben als Schriftsteller. Er würde sie dem Verleger präsentieren, und wenn er nicht geneigt sein sollte, sie zu nehmen, so hätte er damit sein eigenes Todesurteil ausgesprochen. Benno leckte mit der Zunge über die spröden Lippen. Dann lachte er meckernd. Also: Ein gutes, stämmiges Ende mußte her. Aber er war so gefangen in den verborgenen Bedeutungen der Erzählung für sein eigenes Leben, daß er jeden Faden völlig verloren hatte. Also las er alles, was er bisher verfaßt hatte, noch einmal. Er las bis tief in die Nacht. Und er wunderte sich, weshalb diese Geschichte ihn so verwirrt und geängstigt hatte. Sie enthielt nichts, was auf seine Vergangenheit schließen ließ. Und das war gut so.

Am Ende der Geschichte konnte nur ein weiteres Rätsel stehen. Wie ein Rausch ergriff es ihn, und er schrieb den Schluß.

»AUF DEM WEG in die Stadt – es war ja Samstag, und ich mußte mich ablenken – hätte mich beinahe ein Auto überfahren, als ich die Straße überqueren wollte. Es hatte vollständig verdunkelte Scheiben. Ich konnte mich nur mit einem gewaltigen Sprung in Sicherheit bringen. Das nahm mir die Lust. Und dann bin ich wieder auf den Friedhof gegangen, zu ihrer Ruhestätte. Welch ein falsches Wort! Und ich sah sie. Alle vier. Sie standen um ihr eigenes Grab herum. Sie versteckten sich nicht mehr vor mir. Ich lief fort.

Den ganzen Sonntag habe ich in meiner Wohnung verbracht, doch ich begann Dinge zu sehen, die nicht da sind – *die nicht da sein dürfen!* Als Sie am Montag dazukamen, wichen sie ein wenig. Zuerst. Aber sie sind da und erwarten mich. Ich habe ihr Geheimnis aufgedeckt, und ich weiß zuviel. Ich kenne die Dimensionen, in denen sie sich bewegen. Ich will nicht davon sprechen, was ich gestern geträumt habe. *Geträumt,* sage ich. Doch dies ist nicht der richtige Ausdruck. Ich habe es *gesehen.* Und das wollte ich Ihnen erzählen. Ich bin da in etwas hineingeraten, das für immer verborgen bleiben sollte. Ich bin von meiner Rätselsuche geheilt, das können Sie mir glauben! Wieviel gäbe ich darum, alles ungeschehen zu machen!«

Er sah mich an. Ich konnte den Ausdruck seiner Augen nicht deuten.

»Sie glauben vielleicht, ich sei nicht ganz richtig im Kopf. Es wäre schön, wenn Sie recht hätten. Aber diese Nonnen haben mir gezeigt, was mich erwartet. Damit möchte ich Sie nicht erschrecken. Sie mußten sich schon genug anhören.«

Er winkte die Bedienung heran und zahlte für uns beide. Wir standen auf und gingen nach draußen. Ich bot ihm an, ihn nach Hause zu fahren, doch er lehnte ab. Er sagte, er wolle mich nicht noch tiefer mit hineinziehen. *Noch tiefer?* fragte ich mich. Ich schaute ihm nach, wie er zur Bushaltestelle ging. Der Bus kam, er stieg ein und fuhr an mir vorbei. Hinter ihm sah ich eine Nonne sitzen, und sie grinste mich an. *Mich!*

Das war vorgestern.

Gestern morgen ist Hartmut Schwartz nicht zur Arbeit erschienen. Als ich vor den Sensenmann trat, sah ich, daß seine Sense fehlte. Und vor dem Grab war eine kleine Blutlache. Ich weiß nicht, ob es Menschenblut war; es war auch nicht viel. Ich frage mich, wo die Steinsense hingekommen ist. Die Leute stehlen alle möglichen Sachen, nicht wahr? Und hier muß jemand die mit dem restlichen Steinkörper verbundene Sense sorgsam ausgebrochen und die Bruchstelle so nachbearbeitet haben, daß sie nicht mehr zu erkennen ist. Wer sollte so etwas tun?

Auch heute habe ich nichts von meinem Kollegen gesehen oder gehört. Ich habe meinem Chef Bescheid gesagt, und er hat nachgeforscht. Doch zu Hause war Schwartz auch nicht. Er scheint verschwunden zu sein.

Es ist schon seltsam, wie einen solch eine Geschichte gefangennehmen kann, und ihr müßt zugeben: Es ist schon eine verwirrende Geschichte. Seit vorgestern bilde ich mir ein, auf der Straße, in Cafés oder in Bussen, in Geschäften und an allen möglichen und unmöglichen Stellen eine oder mehrere Nonnen zu sehen. Verrückt, nicht wahr? Aber jetzt will ich zu erzählen aufhören, denn ich habe starke Kopfschmerzen – schon den ganzen Tag.

Es war weit nach Mitternacht. Benno fühlte eine ungeheure Euphorie. Das Ende war stimmig, und es hatte nichts mit ihm zu tun. Es war nicht sein eigenes Ende. Noch nie hatte ihn eine Erzählung derart mitgenommen. Und noch nie hatte jemand angedeutet, daß er über sich selbst schriebe. Doch nun war der Spuk vorbei, er hatte gesiegt. Hochzufrieden ging er zu Bett. Lange konnte er nicht einschlafen. Er dachte über seine Recherchen nach, über die Kladde, von der er nicht mehr sagen konnte, wo sie abgeblieben war, ja nicht einmal, ob sie überhaupt existiert hatte.

Und da waren sie wieder. Die dunklen Anschuldigungen. So vieles, was nicht wahr war. Seine Eltern. Der Wagen. Justus.

Und in Gedanken an ihn schlief Benno ein. Er stand im Schwimmbad, nackt, und fröstelte. Wie lange war er schon nicht mehr in einem Schwimmbad gewesen? Seit Schultagen nicht mehr. Doch etwas an diesem Schwimmbad stimmte nicht. Niemand war zu sehen, nur die leere Wasserfläche lag wie eine Verheißung vor ihm. Er selbst war trocken, und er dachte nicht daran, ins Wasser zu springen. Und noch etwas war seltsam: Es gab keinen Ausgang aus diesem Bad. Es gab nur ein etwa mannshohes Fenster, ungefähr zwei Meter breit, an einer Wand. Und dahinter lag Schwärze. Die Lampen brannten, es mochte Nacht sein. Benno schaute die vier Wände an, nur weiße Kacheln, keine Tür, kein Gang. Ein Gefängnis.

Wie war er hierhergekommen?

Schwach erinnerte er sich, daß er träumte. Und dann sagte ihm etwas, daß es kein Traum sei. Er richtete seinen Blick wieder auf das Fenster. War es nur die Nacht, die dahinter lag? Manchmal glaubte er, glimmende Punkte zu erkennen wie Sterne. Dann war es, als hätte sich etwas Großes davorgeschoben. War es nicht nur ein Stollen, der sich hinter dem Fenster erstreckte? Wohin führte er?

»Es ist eine deiner Geschichten«, sagte etwas.

Eine seiner Geschichten? Lange schon war ein solcher Stollen in seinen Geschichten nicht mehr vorgekommen. Aber früher hatte er derartiges beschrieben. Oft. Hinein in die Erde. *Hinein in dich selbst.* Und da lauerten die bösen Überraschungen, die Ungeheuer.

»Du selbst.«

Woher kam diese Stimme? Benno war sicher, daß nicht er es war, der sprach. Aber es wurde mit seiner Stimme gesprochen, da gab es keinen Zweifel. Und lauerte hinter dem Fenster nicht wirklich etwas, nur durch eine dünne Glasschicht von ihm getrennt?

Und plötzlich waren zwei Kinder im Schwimmbad. Sie standen am Rand, schienen die Unmöglichkeit ihrer Umgebung nicht wahrzunehmen. Benno erkannte sie sofort: dieser Kleine, Fette, dessen Bauch über der Badehose schwabbelt, sie haben ihn beim Schwimmunterricht immer gehänselt; und der andere ist drahtig, kein Gramm Fett zu viel, sportlich und agil.

»Schau sie dir an!« sagte die Stimme. Sie war weiblich. Sie war ihm inzwischen vertraut. Benno hob suchend den Blick. Da war sie. Sie saß in einem Lehnstuhl am Beckenrand, die Hände im schwarzen Schoß gefaltet.

»Lassen Sie mich endlich in Ruhe, Schwester Hildemarga«, sagte Benno.

»Wie nennst du mich? Weißt du nicht mehr, daß ich ein Teil von dir bin? Aber sieh hin. Der Drahtige springt ins Wasser.«

Die Wellen erreichten den Beckenrand und schienen dem anderen zuzuflüstern, er solle nun auch springen.

»Traust du dich nicht, Fettwanst?« fragte der Drahtige. Er schwamm zum Rand, zu der Stelle, wo der Fette stand, und griff blitzschnell nach dessen Beinen.

Der Fette stieß einen quiekenden Schrei aus und fiel ins Wasser, auf den Drahtigen. Blitzschnell hatte er seinen Vorteil erkannt. Niemand sonst war zu sehen, der Lehrer und der Rest der Klasse waren schon zu den Duschkabinen gegangen. Das Körpergewicht des Fetten hatte den Drahtigen unter die Wasseroberfläche gedrückt. Und sofort griff der Fette mit beiden Händen nach unten und drückte zu. Einmal hatte er den Hals des Drahtigen erwischt, einmal ein Bein, auf jeden Fall aber gelang es ihm, oben zu bleiben und den anderen unten zu halten. Der zappelte verzweifelt, doch einmal in der Position der Stärke, wurde der Fette zum Erbarmungslosen. Den Mund voller Wasser, blubberte er: »Für all die Jahre, die du mich gequält hast, Justus!«

Der Drahtige war behende, und er versuchte, sich wie ein Fisch freizuzappeln. Das Wasser spritzte auf. Doch der Fette ließ nicht locker. Und endlich wurden die Bewegungen des Untergetauchten langsamer, matter, und schließlich hörten sie ganz auf. Das Wasser beruhigte sich wieder.

Das Gesicht des Fetten war ein einziges Grinsen. Langsam schwamm er zu der Treppe, die ins Wasser führte, denn er war so ungeschickt und schwerfällig, daß er sich nicht in sportlicher Art auf den Bekkenrand hätte hochwuchten können. Immer wieder schaute er sich um. Dann hatte er den Handlauf ergriffen und zog sich hinauf. Er ging am Rand entlang bis dorthin, wo der tote Körper unter Wasser hin und her schaukelte und langsam versank.

Breitbeinig stand er da.

Herrscher über den Tod.

Er kicherte.

Schließlich kniete er nieder und nahm mit der hohlen Hand Wasser auf. Er spritzte es sich in die Augen, damit es wie Tränen aussah, und er mußte den Triumph hinunterschlucken, damit der ihn nicht verriete. Er räusperte sich, begann zu heulen und zu schreien. Bald würden der Lehrer und die ganze Affenschar anrücken.

Welch ein Gefühl des Glücks. Wie gern hätte er ihnen erzählt, daß er seinen Peiniger im Kampf getötet hatte. Doch das war nicht möglich. Das war nicht gut. Niemand durfte von seinem Sieg erfahren. Jeder sollte annehmen, daß es ein Unfall war. Und so geschah es. Sie kamen alle angelaufen, und das Bild verblaßte.

Benno war wieder allein – allein mit der Gestalt im Lehnstuhl.

»Du hast zu dir zurückgefunden. Willkommen.«

Bennos Augen füllten sich mit Tränen. »Nein!« schrie er. »Das bin ich nicht, das ist ein anderer.«

»Glaub es … glaub es nicht … Die Wahrheit kennst du nun«, sagte die Gestalt.

»Ich träume!«

»Nein. Zum ersten Mal in deinem Leben träumst du nicht.«

Die Gestalt erhob sich und kam langsam auf ihn zu. Er konnte sich nicht bewegen, vielleicht wollte er es auch nicht. Da stand sie vor ihm. Sie hatte kein Gesicht. Dort wo die Augen, die Nase, der Mund hätten sein sollen, war nichts als eine teigige Masse. Und doch sprach sie.

»Komm!« sagte sie. Und ihr Arm hob sich. Ihre Hand war lang. Ihre Finger waren lang, lang wie Spinnenbeine. Sie faßte Benno am Arm. »Es ist endlich vorüber. Du bist daheim. So schlimm es nun auch für dich werden wird, so ist es doch nichts im Vergleich dazu, was du schon durchgemacht hast. Es gibt nur einen kleinen Unterschied. Was kommt, wird ewig sein.«

Sie faßte seinen Arm fester und zog ihn zum Fenster. Er ließ es geschehen. Da sah er, daß es kein Fenster war. Es war eine verglaste Tür. Als sie sie beinahe erreicht hatten, schwang sie auf. Ein seltsamer, leiser Lärm drang heraus, und er wurde von einem atemnehmenden Gestank begleitet.

»Wohin führst du mich?« fragte Benno.

»Nach Hause. In deine Hölle«, sagte die Gestalt.

Sie schritten weiter, betraten den Schlund, und die Tür schloß sich hinter ihnen …

Am nächsten Morgen erschien Benno Durst nicht im Büro.

Und auch nicht am darauffolgenden Tag.

DIE FARBEN DER NACHT

Ein Bilderbogen

Erstes Bild

IN DER NACHT, IN DER FREMDE

Nichts war ungewöhnlich an diesem Ort. Nichts außer dem unausweichlich wiederkehrenden Gefühl einer beklemmenden Unruhe, die mich jedesmal überfiel, wenn ich in die Nähe dieses Ortes kam. Mir wurde schnell bewußt, daß es nicht seine äußere Erscheinung war, welche die Beklemmung und die Unruhe auslösten, denn es war nichts als eine struppige Wiese, eingegrenzt von lückenhaften, kranken Fichten und umzäunt von einem niedrigen Holzgatter, von dem viele verfaulende Bretter abgefallen waren und nun wie zerbrochene Kompaßnadeln im wuchernden Gras lagen und in die verschiedensten Richtungen wiesen. Dieser Zaun wiederum wurde sowohl an seiner Vorderseite als auch an seiner Rückseite von Bürgersteigen frankiert, von frostbeuligen, unkrautbefallenen, verwahrlosten Bürgersteigen, die entlang zweier nie befahrener Straßen in die Verwirrung der Stadt hineinführten, entlang der stillen Straßen in die stille Stadt hinein, aber nicht wieder aus ihr heraus. An den übrigbleibenden beiden Seiten der fichtenbewachten, struppigen Wiese erhoben sich hohe Wohnhäuser mit leeren, ausgehöhlten Fensteraugen, aus denen in rauhen, mondlosen Nächten der Wind über die Straßen und die Fichten wisperte. Ich habe diesen Wind oft wispern hören, er murmelte zu sich selbst, selbstvergessen. Nein, es war kein ungewöhnlicher Ort, und doch fröstelte mich jedesmal, wenn ich ihn sah.

Beinahe jeden Tag kam ich dort vorbei, immer zur selben Zeit, im Sommer unter einer stillen Sonne, im Winter unter einem stillen Mond. Ich sah die mageren Fichten wie Finger vor dem Himmel, grüne Finger und schwarze Finger, und ich sah die Masse der Häuser und den dunklen Fleck der Wiese, die wie ein Weiher dalag, und manchmal glaubte ich sogar die Sonne oder den Mond sich darin spiegeln zu sehen. Dieser Ort war wie ein gefrorenes Atemholen auf meinem Weg von der Arbeit in einem Vorort der grauen und heruntergekommenen Stadt hin zu meiner Behausung in einem anderen der gleichförmigen Vororte. Die Stadt schien nur aus solchen Vororten zu bestehen: ein Zentrum hatte ich während der Zeit, die ich hier lebte, nicht entdeckt, obwohl es meine Lieblingsbeschäftigung war, die geborstenen Straßen der Stadt auf endlosen, labyrinthischen Spaziergängen tags und nachts zu erkunden. An manchen Straßen standen bizarr verkrüppelte Bäume; entweder waren sie schon nackt und tot, oder sie erwarteten den Tod mit langen, gebogenen, ausgestreckten Armen. Nirgendwo gab es einen Park, eine zweite Wiese oder auch nur einen Garten. In dieser Hinsicht war der lückenhaft umstandene, verwilderte Rasen allerdings ein ungewöhnlicher Ort.

Obwohl das schadhafte Gatter, das die Wiese umgab, lächerlich niedrig war, sah ich doch niemals jemanden auf jener Wiese, nicht im Sommer, auch nicht im Winter, wenn an wenigen Tagen eine dünne, grauweiße Schneedecke das Gras wie ein Mantel aus schorfiger Haut bedeckte und eigentlich auf die wenigen Kinder dieser greisen Stadt eine magische Anziehung hätte ausüben müssen, doch auch sie schienen das zu spüren, was ich selbst spürte. Kaum einmal hörte ich das Schnarren einer Elster oder das heisere Gurren einer Taube. Manchmal ging ich in der Freizeit trotz meines Unbehagens an der rückwärtigen Seite der Wiese entlang, deren Grün mir zugleich Erholung und schwarze Vorbedeutung war. Natürlich war diese Rückseite für die wenigen Leute, die hier lebten, die Vorderseite. Und einmal sah ich einen alten Mann in einem löchrigen Mantel – es war später Winter – und mit einer speckigen Kappe auf dem grotesk hohen und schmalen Kopf. Atemwölkchen trieben vor ihm her. Er stand auf dem buckligen Bürgersteig unter dem dunklen Licht einer Straßenlaterne mit zersplittertem Gehäuse, reglos, und schaute bisweilen zur Wiese hinüber, auf der vereinzelte Schneereste wie Schimmelballen lagen. Er war der erste Mensch, der die Wiese überhaupt wahrzunehmen schien. Als ich auf seiner Höhe war, hörte ich, daß er etwas sagte. Er sprach mit leiser, monotoner Stimme, ohne die schmalen Lippen zu bewegen. Ich verstand nicht alles, denn ich traute mich nicht, stehenzubleiben und ihm zuzuhören. Doch als ich an ihm vorübergegangen war, klangen einige seiner Worte in meinen frierenden Ohren nach: »Ich muß es verhindern. Zum ersten Mal verhindern. Bald werden sie wieder kommen.«

Mich packte eine heftige Erregung, eine bis ins höchste gesteigerte Unruhe, während ich – äußerlich unbeeindruckt – zu meiner Behausung ging. Was wollte dieser Mann verhindern? Wer würde zu der Wiese kommen, und wann? In jener Nacht konnte ich nicht schlafen. Die Schatten in meinem Zimmer wisperten in derselben Weise wie der Wind in den ausgehöhlten Fenstern der Wohnblöcke neben der struppigen Wiese.

Am nächsten Tag war ich kaum in der Lage, meine

monotone Arbeit zu tun. Immer mußte ich an den alten Mann mit dem seltsam hohen und schmalen Schädel denken. Und am Abend, nachdem ich zuvor auf meinem Heimweg an der Vorderseite der beunruhigenden Wiese entlanggegangen war und sie still und verlassen wie immer vorgefunden hatte, brach ich trotz der atemgefrierenden Kälte nochmals auf. Ich begab mich auf die Rückseite der Wiese, wo ich den alten Mann gesehen hatte. Jetzt war er nicht hier. Ich schaute auf das verwilderte Gras, das im grellen Licht des halben Mondes badete. Die kümmerlichen Schneeinseln, die auf meinem Heimweg noch sichtbar gewesen waren, hatten sich nun in Schwärze aufgelöst. Ich wartete eine Weile unter dem Mondlicht; die zersplitterte Laterne, die gestern schwach durch die Wolkennacht geschienen hatte, war nun schwarz und selbst umspielt vom weißen Mond.

Da der alte Mann nicht kam, machte ich mich erleichtert auf den Rückweg. Statt aber die kürzeste Strecke zu nehmen, ging ich um einen der Häuserblöcke herum, die die Wiese zwischen sich einzwängten, und schritt noch einmal die Vorderseite des tümpeldunklen Rasens ab. Da sah ich auf dem schattenscheckigen Bürgersteig eine schwarze Masse liegen. Wie versteinert blieb ich stehen. Die Stille lag wie ein dickes Tuch über der Straße. Kein Mensch war zu sehen – niemand außer jenem, der da in einiger Entfernung unter dem gleitenden Mond auf dem verlassenen Pflaster lag. Denn ein menschlicher Körper war es zweifelsohne.

Nach einer Zeit, die mir unendlich schien, fiel die Starre von mir ab, und ich trat an den Körper heran. Er lag auf dem Rücken; die großen Augen in dem grotesk hohen und schmalen Schädel blickten erstarrt zum Mond empor und zu den Sternen. Die toten Hände waren um ein zerknittertes Blatt Papier gefaltet, auf dem in großen, gemalten Buchstaben etwas geschrieben stand. Vielleicht war es der Wind, der plötzlich an dem Blatt zerrte, es aus den Händen des Liegenden riß und mir an die Brust wehte. Ich griff danach. Es standen einige beinahe überdeutliche Zeilen darauf: ›Morgen ist die Nacht des grünen Weihers. Morgen ist der Tag des sterbenden Lichts. Halte den Zug der Hoffnungslosigkeit auf.‹ Ich warf das Blatt fort und ging nach Hause. Bevor ich einschlief, nahm ich mir vor, in der nächsten Nacht erneut die eingezäunte Rasenfläche zu besuchen, so beunruhigend dieser Gedanke für mich auch war. Ich mußte einfach wissen, was dort geschah. Mein Schlaf indes war tief und traumlos, wie immer, seit ich in diese Stadt gezogen war.

Die Menschen, denen ich bei meiner Arbeit täglich begegnete, schauten mich am folgenden Tag mit seltsamer Intensität an. Ich bemerkte, daß sie mich beobachteten, und sie tuschelten miteinander. Sie alle lebten schon sehr lange hier. Nie war es mir gelungen, mit einem von ihnen näher bekannt zu werden oder mehr als die üblichen und notwendigen Worte zu wechseln. Doch heute kam mir einer von ihnen entgegen, gab mir einen vollen Becher in die Hand und prostete mir mit seinem Becher zu. Ich weiß nicht, was mich bewog, den Inhalt des Bechers in einem unbeobachteten Augenblick fortzuschütten, hinter die große Maschine, die bis beinahe zur Decke der Fabrikhalle reichte, dorthin, wo ewiges Zwielicht herrschte. Als ich den leeren Becher zurückgab, sahen sie mich entspannter an, doch ihre forschenden Blicke waren wie vor ihre Gesichter geklebt.

Von der Fabrik aus ging ich nicht erst nach Hause, sondern ich blieb in der Nähe der umgatterten Wiese, denn ich wollte nicht zu spät sein für das Rätsel auf dem handbeschriebenen Blatt. Zunächst hielt ich mich auf der Straße auf, ein wenig abseits von der Wiese. Hier war es angenehmer. Der Halbmond schien wieder in einem sternübersäten, schwarzklaren Himmel, und nirgendwo auf der Straße brannte noch eine Laterne. Und nirgendwo in den Häusern brannte ein Licht. Die Straße lag da wie eine schon lange nicht mehr benutzte Theaterkulisse. Der Körper des alten Mannes war natürlich längst aufgelesen worden.

Unruhig ging ich auf und ab. Meine Schritte hallten schrecklich laut von den toten Mauern wider. Da begann ich zu befürchten, daß der Lärm, den ich durch meine Bewegungen verursachte, die Aufmerksamkeit auf mich lenken könne. Wessen Aufmerksamkeit? fragte ich mich. Doch ich wollte kein Risiko eingehen. Also schritt ich hinüber zu dem lächerlich niedrigen Gatter, setzte zum ersten Mal in meinem Leben mit einem kleinen Sprung darüber und verbarg mich im Schatten einer mageren Fichte.

Lange stand ich dort, mit dem Rücken an den rauhen Stamm gelehnt, und wartete. Die Kälte kroch mir an den Beinen hoch und umschmiegte mich wie eine Würgeschlange. Doch es war nicht nur die Kälte. Bald spürte ich meinen Körper kaum noch.

Endlich hörte ich ein leises Geräusch, ein fernes Kratzen und Rascheln und Klappern. Ich löste mich von dem Stamm und kauerte mich an das äußerste Ende des Baumschattens, so daß ich einen Teil jener Straße überblicken konnte, auf der ich von der Fabrik hierhergelangt war. Aus dieser Richtung kam das Geräusch.

Ganz weit hinten erhellte sich die Straße plötzlich. Die Laternen flackerten und begannen zu brennen, und auch aus den Häusern schien nun Licht auf die Straße zu fallen, ja das Licht schwappte wie eine Welle heran. In der Mitte der Fahrbahn kroch eine gigantische schwarze Masse dahin. Zuerst glaubte ich, es sei ein schrecklicher Wurm, ein riesiges, sich durch die Stadt wälzendes Monstrum, doch als es näher kam und immer mehr Licht aus den Häusern und den Laternen strömte, sah ich, daß es nicht ein einziges Wesen, sondern eine Vielzahl von Wesen war. Es war eine unendlich lange, schweigende Prozession dunkel gekleideter Menschen. Dünne Atemfäden gingen von ihnen wie von einem vielmündigen Ungeheuer aus. Das Rascheln und Klappern, das ich hörte, wurde von ihren Schuhen und von ihren plumpen schwarzen Kleidern verursacht und davon, was sie in den Händen hielten.

Die ersten von ihnen erreichten die Umzäunung der Wiese. Einer nach dem anderen kletterte bedächtig über die morschen Planken und betrat die Wiese mit vorsichtigen Schritten. Ich hatte mich wieder an den Stamm der kranken Fichte gedrückt und sah, wie einer nach dem anderen das Ding, das sie in Händen hielten, ins Gras warfen.

Und das Gras war nicht länger Gras, sondern ein grüner Wasserspiegel, der begierig alles schluckte, was ihm dargereicht wurde. Schwarze Dinge mit unregelmäßigen und unablässig sich ändernden Formen fielen hinab in das grüne Wasser, das nicht von seinem Ufer aus Gras zu trennen war. Und diese Dinge, nicht größer als ein Kopf, zuckten und wanden sich; es war deutlich, daß sie nicht in das grüne Wasser geworfen werden wollten. Doch für keines dieser lautlosen

Dinge gab es ein Entrinnen. Sobald sich ein Prozessionsteilnehmer seines unförmigen Gegenstandes entledigt hatte, verließ er die grüne Fläche auf der gegenüberliegenden Seite. Unter den Teilnehmern entdeckte ich auch jenen meiner Kollegen, der mir zuvor das Getränk gereicht hatte, sowie andere, die ich flüchtig kannte und die meines Wissens schon sehr lange hier lebten. Sie alle zogen nun unter dem Licht des Mondes und der Laternen und der hellerleuchteten Fenster dahin.

Erst einige Zeit nach der Mittnacht war die Prozession verschwunden. Die Laternen und die Lichter in den leeren, aus toten Augenhöhlen auf die Straße starrenden Häusern erloschen wieder mit seltsamer Regelmäßigkeit, wie in einer Wellenbewegung, die von der Rasenfläche auf die Straße zurücklief. Zuletzt trat auch ich mit klopfendem Herzen auf den verwilderten Rasen hinaus, aber da war nur noch Gras und kein grünes Wasser mehr.

In meiner geschlossenen Hand begann etwas zu jucken. Ich öffnete sie und schaute sie an. Ein kleines, schwarzes, unförmiges Ding lag zitternd darin. Entsetzt trat ich einen Schritt zurück und streckte die Hand aus. Das Ding fiel von ihr hinab, in das Gras. Und eine Welle lief durch das Gras und verschluckte das schwarze Ding. Nun verdunkelte sich der halbe Mond, bis er vollständig mit der Schwärze der Nacht verschmolz und die Stadt in die Finsternis des Vergessens stürzte.

Noch am selben Morgen verließ ich die Stadt für immer. Jetzt habe ich wieder Träume.

Zweites Bild

DIE GESICHTER IN DER ALLEE

Als ich mich dem Dorf in der Abenddämmerung näherte, bemerkte ich als erstes, daß mit der Kirche etwas nicht stimmte. Sie lag da wie ein ungeheurer Steinhaufen, viel zu groß für die schwindsüchtige Ansammlung erbärmlicher Katen, von denen viele – vor allem am Rand des Dorfes – bereits unbewohnt und zerfallen waren. Die gewaltige Kirche, die sich inmitten der geduckten Katen in den tiefblauen, wolkenlosen Abendhimmel erhob, erinnerte mich an eine Termitenkönigin, und die Häuser waren ihre erstarrten Arbeiterinnen.

Aus keiner der Katen drang Licht auf die ungeteerte, staubige Straße. Auch jene Häuser, die noch bewohnbar wirkten, schienen verlassen; ihre Fenster aber waren mit schwarzen Stoffbahnen verhängt, die im scheidenden Licht des kalten Tages seidig glänzten.

Ich kam der ungeheuren Kirche immer näher. Aus ihrem hohen, in den Abendhimmel stechenden und sternaufspießenden Turm wuchsen weitere Türmchen, spitz wie emporgereckte Lanzen, und auch die Außenpfeiler waren bekrönt von zackigen Hauben, die eher zu einem Schloß als zu einem Gotteshaus paßten.

Die Gassen waren so eng, daß die weit vorgebeugten Giebel der kleinen Häuser sich beinahe berührten, doch zwischen ihnen blieb die Kirche nicht für einen einzigen Augenblick unsichtbar. Ich lief an sorgsam verschlossenen Türen vorbei, durch die seit langer Zeit niemand mehr getreten war, denn sie waren so dick mit Spinnweben bedeckt, daß es den Anschein hatte, als hingen schwere graue Teppiche vor den Türen. Und hinter den Fenstern glänzten seidig die reglosen Vorhänge.

Bald weitete sich die Gasse, durch deren Schweigen ich wie durch tiefes Wasser gewatet war, und der Kirchplatz öffnete sich vor mir. Von hier aus wirkte die Kirche noch erschreckender. Hoch oben zeichneten sich Wasserspeier mit grotesken Formen gegen den nächtlichen Himmel ab; sie waren ungewöhnlich lang und verwachsen. Ich warf nur einen kurzen Blick auf das Portal. Auch die überlebensgroßen Figuren der Heiligen in den filigranen gotischen Nischen wirkten seltsam; einige von ihnen hockten in den schmalen Nischen, andere wiederum schienen darin zu hängen oder sich mit ihren steinernen Klauen in die Umfassungen verkrallt zu haben.

Es wäre eigentlich schon zu dunkel gewesen, um dies erkennen zu können, doch aus einem der armseligen Häuser gegenüber der Kirche floß leichtes Licht. Zwei schmutzstarrende Fenster blickten mit gelben Augen heraus in die Nacht. Die Tür zwischen ihnen war ebenfalls verschlossen wie die Türen aller Häuser des Dorfes, doch sie war blankgescheuert. Keine Spinnweben bedeckten sie. Hoch über der Tür hing ein rundes, schmiedeeisernes Schild, das in einem merkwürdigen Luftzug leise knarrte. Hier unten war es völlig windstill. Kein Laut drang nach draußen. Ich schaute auf das schmiedeeiserne Schild. Die Buchstaben darauf waren unleserlich, und doch war ich mir sicher, ein Gasthaus gefunden zu haben, wo ich die Nacht verbringen konnte. Ich öffnete die schwere Tür.

Es war ein einziger Raum mit nichts als einer Leiter, die zum Dachboden führte, und einem roh gezimmerten Tresen. Es gab keine Tische, keine Stühle. Jemand spielte auf einem Dudelsack; die jaulenden und klagenden Töne lagen über dem Gemurmel der Gäste, die den weiten Raum zu drangvoller Enge zusammenpreßten. Jeder hielt ein großes Bierglas in der Hand, doch die Flüssigkeit, die in diesen Gläsern schwappte, war kein Bier; sie war beinahe grün.

Die Gäste, alle in schäbiges, abgewetztes Schwarz gekleidet, beachteten mich nicht. Zunächst schien es mir, als unterhielten sie sich, doch das stimmte nicht. Niemand schaute den anderen an, alle redeten in die winzige Leere vor sich, ohne Antworten zu geben, ohne Fragen zu stellen. Es war das Gewisper eines vielstimmigen, unendlichen Monologs. Und darüber lag das Klagen des Dudelsacks.

Ich ging an ihnen vorbei zum Tresen. Dahinter stand ein Mann in einem blanken, neuen schwarzen Anzug, der im Vergleich zu der Kleidung der Gäste wie ein frischer Farbtupfer wirkte. Der Wirt spülte die Gläser um und füllte sie immer wieder aufs neue. Er sprach nicht vor sich hin, sondern arbeitete konzentriert und still. Als er mich sah, blickte er mir starr in die Augen. Ich fragte nach einem Zimmer für die Nacht. Er schüttelte den Kopf und sagte dunkel und laut, es sei alles besetzt, ich sähe ja, und dabei fuhr er mit dem Arm durch die Wirtsstube, es sei eine Trauergemeinschaft, die alle Zimmer des Hauses gemietet habe. Ich glaubte ihm nicht, denn sein Wirtshaus war viel zu klein für diese riesige Gesellschaft. Die Gäste konnten nicht hier untergebracht sein. Als ich ihn noch einmal fragte, schüttelte er wieder den Kopf. Seine Augen hatten dieselbe Farbe wie das seltsame

Getränk. Ohne mir ein Glas davon anzubieten, sagte er, ich solle es im Pfarrhaus versuchen. Der Küster sei bestimmt froh. Ich ging an den Trauernden vorbei, die weiterhin in ihren Monologen gefangen waren, und als ich auf den schwarzen, schweigenden Kirchplatz trat, erschien er mir nicht mehr so erschreckend wie zuvor.

An der Südseite der Kirche stand ein großes Haus mit einem Türmchen, das in hilfloser Gebärde den Kirchturm nachahmte. Auch hier schien kein Licht heraus in die sternglitzernde Nacht. Es gab keine Klingel, und so klopfte ich. Sofort, als habe man mich bereits erwartet, öffnete sich die Tür, und heraus trat ein buckliges Männchen mit einem völlig kahlen Schädel und einer Brille mit riesigen, dicken Gläsern. Ich war erstaunt, das Innere des Hauses hellerleuchtet zu sehen. Durch die dicht verhangenen Fenster fiel nicht der geringste Schein nach draußen. Ich sagte dem kleinen Mann, der Wirt habe mich hergeschickt; nicht einen Augenblick lang zweifelte ich daran, hier richtig zu sein. Das Männchen nickte bedächtig, sagte aber kein Wort, sondern bat mich mit einer kurzen, herrischen Handbewegung hinein. Er fragte mich nichts.

Über eine breite Treppe führte mich das Männchen in das Obergeschoß. Die Wände waren feucht; der Verputz bröckelte; auf den Teppichen lief ich wie auf glucksendem Moos. Der verwachsene kleine Mann öffnete eine Tür, schaltete das Licht ein und ließ mich allein. Ich hatte seine Stimme nicht gehört.

Ein schmales Bett mit grellweißen Laken ließ mich alle Gedanken vergessen. Ich legte mich angezogen darauf und schlief sofort ein und huschte durch undeutliche Träume, in denen ein kleiner, grotesk verwachsener Mann mit dicken Brillengläsern mir bedeutete, ich solle die längliche schwarze Kiste am schmalen Fußende anfassen und ihm beim Tragen helfen. Er hatte mich vorhin, mitten in der Nacht, geweckt, mich am Arm gepackt und in einer schrillen, hohen Stimme gesagt: »Ich brauche Ihre Hilfe. Das war die Bedingung für Ihr Quartier, erinnern Sie sich nicht mehr?« Ich hatte mir den Schlaf, den harten, kratzenden Schlaf, aus den Augen gerieben, war aufgestanden und ihm hinunter in einen Raum gefolgt, der das Wohnzimmer zu sein schien. Auch hier bröckelte der Verputz, auch hier war es feucht und kalt.

In der Mitte des Zimmers, auf einem breiten, alten Tisch, stand ein verschlossener Sarg. Um ihn herum brannten dicke weiße Kerzen. Sie brannten unregelmäßig, flackerten, blakten, rußten, schwelten. Ich mußte husten. Das Männchen sah mich durch seine dicke Brille vorwurfsvoll an, und bald waren wir damit beschäftigt, den Sarg aus dem Zimmer zu tragen. Die Haustür stand weit offen, die Nacht leckte mit breiter, schwarzer, sterndurchbohrter Zunge in den Flur herein. Wir traten hinaus auf den Kirchplatz. Ich sah, daß das Portal des Gotteshauses offenstand; dahinter zuckte der Schein unzähliger Kerzen. Wir trugen den Sarg hinein und luden ihn auf einem mächtigen Katafalk vor dem Altar ab. Vor dem Katafalk lagen Kränze mit breiten goldenen Schleifen, über die wir achtlos hinwegschritten. Ich bemerkte, daß die Schleifen keine Aufschriften besaßen; ihr Gold war blank und leer.

Das Männchen sagte in seiner grellen und hohen Stimme, ich solle mich ein wenig ausruhen, er müsse noch einige Vorbereitungen treffen. Ich verließ den

Altar und setzte mich in eine der harten Kirchenbänke. Auch die beinahe senkrechte Rückenlehne konnte nicht verhindern, daß ich rasch wieder einschlief.

Als ich die Augen aufschlug, war ich allein in der Kirche. Die Kerzen brannten noch und tauchten das hohe Schiff in ein unirdisches Feuer. Der Sarg stand wie in Erwartung auf dem schwarzen Katafalk. Schlaftrunken erhob ich mich und suchte nach dem Küster. Er hatte die Kirche verlassen. Und er hatte das Portal hinter sich abgesperrt. Ich fand keine offene Tür mehr.

Ich ging durch das breite Mittelschiff auf den Altar und den Sarg zu. Der Sarg badete im zuckenden Kerzenlicht. Schatten wirbelten über ihn hinweg, zogen sich wieder zurück, griffen ihn erneut an. Müdigkeit stülpte sich über mich. Meine Bewegungen wurden langsamer, meine Schritte weicher, ihr Hall war nichts mehr als ein schmeichlerisches Singen, ein Singen, das von den alten, harten Kirchenbänken aufgenommen wurde. Und von den Feuerzungen der Kerzen, die um den Altar standen, und von denen, die in eisernen Halterungen von den Wänden herabbrannten, und von jenen, die unmöglich weit oben in radförmigen Leuchtern unter der gewölbten Decke steckten. Niemand konnte so hoch hinaufreichen und sie entzünden. Besonders nicht der grotesk verwachsene kleine Mann …

Der Sarg nahm meine schwache Aufmerksamkeit gefangen. Ich bemerkte, daß er nicht völlig verschlossen war. Der Deckel war ein wenig beiseite geschoben; vielleicht hatte der kleine Küster dies getan, vielleicht war auch der Deckel während des Transports verrutscht. Ich warf einen Blick in den Sarg.

Es lag eine Schaufensterpuppe darin, mit seltsam gebogenen Gliedern, eine männliche Puppe mit einem Plasiklächeln und mit Plastikaugen. Jemand hatte eine härene Decke über sie gebreitet, die ihr bis knapp unter die Plastikbrust reichte; es wirkte wie die Fürsorge einer Puppenmutter.

Ich wich zurück, zum Altar hin, und stolperte zwei Stufen hoch, bis ich auf einem Sessel mit einer weichen Rückenlehne Platz fand. Es war der Ministrantensessel. Neben mir, auf dem Sessel des Zelebranten, saß der Küster. Ich hatte nicht bemerkt, daß er hereingekommen war. War er etwa gar nicht der Küster, sondern der Priester? Er stand auf und trat zum Ambo. Dann sprach er Worte in die Kirche hinein, Worte, die der Schall mit sich nahm und weit hinten verzerrt wieder ausstreute. Ich verstand sie nicht.

Aber ich sah, daß die Kirche sich gefüllt hatte. Draußen herrschte noch immer die Nacht; nicht der leiseste Schein einer Morgendämmerung fiel durch die spitzbogigen großen Fenster. Und dort, auf den harten Bänken, saß die Trauergemeinschaft; es waren jene, die ich am Abend zuvor in der Wirtsstube gesehen hatte. Jeder von ihnen hatte die Hände auf die Bank vor sich gelegt. Niemand rührte sich.

Jetzt hatte der kleine Mann seine unverständliche Ansprache beendet und wandte sich dem Sarg zu. Mit hastiger Bewegung warf er den verschobenen Deckel zur Seite, so daß er unter lautem Poltern zwischen die Kränze mit den leeren Schleifen fiel. Er riß die härene Decke fort, zog ein Messer aus irgendeiner Tasche seiner Straßenkleidung und begann damit, die Puppe im Bauchbereich aufzuschneiden. Ich war inzwischen aufgestanden und schaute ihm gebannt zu. Manchmal warf ich einen Blick in das kerzenerhellte Kirchenschiff. Noch immer regte sich niemand aus der Trauergemeinde. Sie alle schauten hoch zum Altar, mit stumpfen Augen, in denen eine Mischung aus Erwartung und Abscheu lag.

Jetzt hatte der Priester die Bauchhöhle der Puppe vollständig geöffnet. Mit langsamen Bewegungen steckte er das Messer wieder weg, ging wie unter der Last eines unerträglichen Zeremoniells um den Altar herum zum Tabernakel und entnahm diesem einen leeren Kelch. Den Kelch trug er erhoben vor sich her zum Sarg. Dann griff er mit einer Hand in die geöffnete Bauchhöhle und holte etwas daraus hervor, womit er den Kelch füllte. All dies geschah in höchstem Schweigen. Als er damit zum Ende gekommen war, drückte er mir den Kelch in die Hand und wies hinunter auf die versammelte Gemeinde. Ich verstand ihn.

Ich verließ den Altar. Die Münder der Gemeinde standen weit offen. Ihre Zungen hingen lechzend heraus. Ich schaute schnell auf das, was da in meinem offenen Kelch lag. Es besaß die Form von Hostien, ja sogar die Farbe von Hostien. Aber es bewegte sich. Es raschelte. Ich nahm die erste Hostie in die Hand. Sie war warm und glitschig. Ich steckte sie demjenigen, der mir am nächsten saß, in den weit offenstehenden, sabbernden Mund. Er kaute laut und schmatzend und reglos. Da sah ich, daß seine Hände an die Bank vor ihm genagelt waren. Und so war es auch bei seinem Nachbarn. Und bei allen. Ich mußte sie alle füttern. Da immer nur vier in einer Bank nebeneinandersaßen, konnte ich jeden von ihnen von einem der Gänge aus erreichen und ihnen die feuchte, zuckende Hostie in den Mund stecken.

Als ich zurück zum Altar ging, sah ich, daß lediglich eine einzige Hostie übrig war. Ich reichte dem Priester den Kelch und erhielt von ihm die Kommunion, bevor ich mich wehren konnte. Als letztes sah ich, daß die Trauergemeinde verblaßte. Die schäbigen, staubigen schwarzen Anzüge wurden durchscheinend, die Gesichter und die angenagelten Hände wurden durchscheinend, bis ich die Holzbänke hinter ihnen deutlich sah.

In der Morgendämmerung erwachte ich in der Kirche. Die Sonne schien in dicken, bunten Strahlen schräg durch die hohen gotischen Fenster und spielte mit dem aufsteigenden Staub, und weit hinten sah ich, daß das Portal halb offenstand. Ich erhob mich aus meinem Ministrantensessel und lief hinaus. Niemand war auf dem Kirchplatz. Das Wirtshaus gegenüber lag verlassen da; seine Fenster waren mit schwarzen, seidig glänzenden Stoffen verhängt, und oben knarrte das Schild in einem Wind, der da, wo ich stand, nicht zu spüren war. Das Sonnenlicht verschwand, und ich bemerkte, daß es nicht die morgendliche Dämmerung war, sondern die abendliche. Die Schatten wurden länger und krochen in die engen, toten Gassen. Ich beeilte mich, aus dem Dorf hinauszukommen. Bald hatte ich die zerfallenen Katen erreicht, die seinen Rand säumten, und ich lief von dem Dorf auf einer Allee davon, an die ich mich nicht erinnern konnte. Die Sonne war schon untergegangen, als plötzlich die Dunkelheit wie ein Vorhang von oben herabgelassen wurde, wie ein welliger Vorhang oder wie herabfließendes Wasser, und nun war der Raum zwischen den Bäumen, der vorhin nur von erstarrten Feldern eingenommen gewesen war, nicht länger leer und still. Unzählige Gesichter erschienen dort, und sie murmelten vor sich hin, daß es klang wie das Rauschen eines majestätischen Waldes. Und jetzt verstand ich sie. »Du bist wir«, sagten sie. Und: »Wir sind deine Kinder. Endlich haben wir zueinandergefunden.«

Und hinter mir hörte ich zum ersten Mal die Glocken der Kirche. Sie läuteten in einem schrecklichen Triumph.

Drittes Bild

NIEMAND IST ALLEIN

Niemand hatte Gill eingeladen, niemand hatte ihn mitgebracht. Eines Tages war er einfach da. Wir trafen uns jede Woche an dem einem oder anderen Tag in dem ausgebrannten alten Kino, in dem unser Freund Schrein eine notdürftige antiquarische Buchhandlung eingerichtet hatte. Er hatte das beschädigte Dach mit Brettern vernagelt, mit Teerpappe abgedichtet und dort, wo einmal die Sitzreihen gewesen waren, Regale aufgestellt, die auf dem abschüssigen Boden schwindelerregend schief standen und alle auf die ehemalige Bühne zuzustreben schienen. Zwischen den vollgestopften Regalen hatte Schrein alte Sessel aufgestellt, abgeschabte Ledersessel, aufgeplatzte Polstersessel, wacklige Armlehnstühle: dazwischen bildeten wertlose Bücher Podeste und Tische, auf denen Weinflaschen und Gläser standen. Hier pflegten wir bis tief in die Nacht hinein zu sitzen und uns unsere Einsamkeit von der Seele zu reden. Wir alle waren in gewisser Weise Gestrandete, wir kannten niemanden in dieser Stadt außerhalb unseres Kreises, wir lebten allein, immer wieder auf uns selbst zurückgeworfen, in unsichtbaren Kokons, die jegliche Berührung mit demjenigen verboten, was der Gewöhnliche ›Leben‹ nennt. Die Abende in Schreins schlechtgehendem Antiquariat waren der einzige Lichtblick für uns, und deshalb nahmen wir jeden Termin, den Schrein uns gab – es war nicht immer derselbe Wochentag –, peinlich pünktlich wahr. Schrein sorgte für den Wein und wir anderen für die Gespräche. Der Antiquar hörte meist nur zu, und manchmal blinzelte er zu der verlassenen Bühne hinüber, auf der noch vor den Tagen des Kinos ein Varieté gespielt hatte.

Wir redeten über alles, nur nicht über unsere Einsamkeit. Und wir tranken mehr, als uns bekam. Doch es war alles, was wir hatten. Ich liebte den staubigen, leicht modrigen Geruch der unzähligen Bücher, von denen nicht eines eine Kostbarkeit war, denn Kostbarkeiten konnte sich Schrein nicht leisten. Manchmal nahm ich eines der Bücher in die Hand, blätterte darin herum – zumeist waren es Titel, von denen ich nie zuvor etwas gehört hatte – und genoß einzelne Sätze, die mir etwas von dem Geheimnis preiszugeben schienen, das uns täglich umgab.

Es war ein Traum von Zusammengehörigkeit, die uns Anwesenden an jenen Abenden erfaßte. Unser Leben verlief völlig unabhängig voneinander, wir kamen aus verschiedenen Bereichen der Stadt, und nie begegneten wir uns zufällig auf der Straße oder in einem der zahlreichen heruntergekommenen Supermärkte mit den flackernden und brummenden Neonröhren, die zischelnde Schatten auf die Kühltruhen und Regale warfen. Und es war in einem dieser Schatten, wo ich das Gesicht des Herrn Gill zum ersten Mal zu sehen geglaubt hatte. Nun saß er mitten unter uns. Und ich hatte den Eindruck, daß jeder von uns ihm schon einmal begegnet war, wo auch immer. Aber niemand gab es zu.

Wir alle waren Träumer, Tagträumer und Nachtträumer. Zumeist waren es Alpträume, die uns heimsuchten. Wir sprachen nur selten darüber. Doch heute kam Schrein selbst darauf zu sprechen; es war einer der wenigen Tage, an dem er in die Unterhaltung eingriff. Er berichtete von einem sehr eindrücklichen Alptraum über ein Nest spinnenartiger Wesen in dem Antiquariat, dort hinten vor der Bühne, die durch einen widersinnig schmalen, schachtartigen Orchestergraben von dem Parkett abgetrennt war. Wir alle schauten in diese Richtung, alle außer Gill. Natürlich war dort nichts, nichts außer Schatten, die von den hoch an der provisorischen Decke hängenden Tütenlampen herabtropften.

Und plötzlich sprach Gill zum ersten Mal, seit er sich vorgestellt hatte. Er besaß eine angenehm dunkle und weiche Stimme. Wir alle schauten ihn erstaunt an, als erinnerten wir uns jetzt erst wieder seiner Gegenwart. Er sagte zu Schrein gewandt: »Woher wollen Sie wissen, daß es ein Traum war?«

Schrein schaute ihn verwundert an und strich sich mit den mageren Fingern über das stopplige Gesicht mit den eingefallenen Wangen. Nach einer Weile, als müsse er sich erst die wahre Schwere dieser Frage vergegenwärtigen, antwortete er langsam, beinahe schleppend: »Ich lag in meinem Bett, als ich aufwachte und diese Wesen verschwanden.«

»Das mag schon sein«, erwiderte Gill und schlug die spinnenartigen langen Beine übereinander. Gleichzeitig beugte er den schmalen Oberkörper vor und griff nach einem der gefüllten Weingläser auf dem Bücherstapel zwischen uns. Er nahm langsam einen Schluck, schaute uns dabei an, einen nach dem anderen, stellte das Glas wieder fort und lehnte sich mit einem kleinen Seufzer zurück. Er hatte es erreicht, daß wir alle nun an seinen Lippen hingen.

»Ich will nicht leugnen, daß Sie im Bett lagen, und ich will auch nicht leugnen, daß Sie einen schrecklichen Alptraum hatten – zumindest war er in Ihren

Augen schrecklich.« Er machte wieder eine Pause, doch jetzt schaute er niemanden mehr an. Sein Blick ruhte auf den Büchern. »So viele Alpträume«, murmelte er, dann sagte er lauter: »Wer sagt Ihnen, daß es wirklich ein Traum war – und nicht Ihr Leben? Wer sagt Ihnen, daß Sie nicht in diesem Augenblick träumen, da wir hier zusammensitzen? Oder vielleicht sind Sie der Traum eines anderen. Wer sagt es Ihnen?«

Schrein kratzte sich das stopplige Kinn. »Ich selbst sage es mir.«

Gill lächelte. »Das ist keine Antwort.«

Schreins müdes, stacheliges Gesicht nahm einen trotzigen Ausdruck an. »Natürlich ist es eine Antwort«, beharrte er. »Ich werde doch wohl wissen, wann ich träume und wann ich wach bin.«

»Das ist bemerkenswert«, entgegnete Gill und lehnte sich zurück, bis die brüchige Lehne seines Sessels knackte. »So etwas habe ich noch nicht erlebt. Und was ist mit den anderen?« Er schaute uns auffordernd an. Niemand wagte es, eine Antwort zu geben. Jemand sagte, es sei schon spät, und alle pflichteten ihm bei. Wir waren froh, einen fadenscheinigen Grund gefunden zu haben, um unsere Versammlung aufzulösen. Wir machten einen neuen Termin in der nächsten Woche aus und verabschiedeten uns müde voneinander. Gill mußte als erster nach draußen gegangen sein, denn nachdem ich dem Antiquar die Hand gereicht hatte, sah ich den Fremden nirgendwo mehr. In jener Nacht schlief ich schlecht. Der Mittelpunkt meiner Träume war Gill. Er lächelte freundlich, streckte die Hände nach mir aus und schien mich einzuladen. Doch ich stand da wie festgefroren. Er kam auf mich zu. Bevor er mich erreicht hatte, wachte ich auf.

In den nächsten Tagen wurde es schlimmer. Gill

und nichts als Gill und niemand anderes als Gill kroch durch meine Träume, manchmal in grotesken Verkleidungen, manchmal unverhüllt. Doch ich traute ihm nicht, ich versuchte mich von ihm fern zu halten. Ich hoffte, daß er bei unserem nächsten Treffen nicht anwesend sein würde. Natürlich hoffte ich umsonst.

Schrein begrüßte uns in seinem zugigen, verwinkelten Antiquariat in dem ausgebrannten alten Kino. Als wir den abschüssigen Bereich mit den Sesseln und Stühlen betraten, sahen wir, daß Gill schon da war. Er saß auf demselben Sessel wie in der vergangenen Woche und lächelte uns auffordernd an, einen nach dem anderen.

Die Gespräche kamen nur schleppend in Gang. Unsere alten Themen schienen niemanden mehr zu interessieren, und schließlich war es nur noch Gill, der redete. Ich weiß nicht mehr genau, was er sagte, aber es war etwas über die Träume und deren Verhältnis zur Wirklichkeit. Er berichtete von weiten Reisen, die er unternommen hatte, in Träumen und in der Realität und manchmal in beidem zugleich, und von gelehrten Männern, die ihn in gewissen Praktiken unterwiesen hatten. Und dann wieder erzählte er von völlig belanglosen Dingen, er sprang hin und her in seinem Monolog wie in einem unsinnigen Traum. Wir sahen ihn an, wir schwiegen, wir hörten zu, doch später, draußen auf der dunklen Straße, konnte keiner von uns sagen, worin der Sinn des Monologs des Fremden gelegen hatte. Jeder hatte einige Erinnerungsfetzen zu bieten, die wir ergebnislos aneinanderzusetzen versuchten, dort draußen mitten in der Nacht, auf der dunklen, unsicheren Straße, deren Laternen schon vor Jahren eingeworfen worden waren. Einer von uns glaubte, etwas über ›die Wirklichkeit der Unwirklichkeit‹ gehört zu haben, ein anderer über ›die Schatten, die in den Zwischenräumen der synaptischen Cerebralverbindungen lauern‹, ein weiterer über ›die Ängste des Träumers vor dem Erwachen‹. Niemand hingegen sprach über seine eigenen Alpträume und darüber, ob er Gill in diesen Alpträumen gesehen hatte. Auch ich traute mich nicht, das Thema aufzudecken. Mir fiel aber auf, daß sich Schrein an der gesamten Diskussion vor dem ausgebrannten Kino, das sein Antiquariat beherbergte, nicht beteiligte. Er war mit uns vor die Tür gegangen, was nicht seine Gewohnheit war, und dort draußen, in der Kälte der sternlosen Nacht, machten wir den Termin für die nächste Zusammenkunft aus. Gill war nicht anwesend; niemand hatte ihn gehen sehen.

In den nächsten Nächten wurden meine Träume noch intensiver. Gill schrie nach mir, lockte mich, wollte mich mit Gewalt zu sich zerren, aber ich leistete erbitterten Widerstand. Schweißnaß erwachte ich jede Nacht in meinem kalten Zimmer. Tagsüber lief ich wie durch Watte; jeder Gegenstand schien von mir durch eine Milchglaswand getrennt; ich mußte schreien, um mich bei meinen Einkäufen verständlich zu machen, und einmal glaubte ich in den wispernden und flackernden Schatten in einem der heruntergekommenen Supermärkte erneut ein Gesicht zu sehen, ein Gesicht, das schrecklichen Metamorphosen unterworfen war, das weich war wie eine Maske aus Gummi und doch unzweifelhaft das Gesicht Gills. Ich floh aus dem Laden, ohne meinen Einkauf mitzunehmen.

Im Traum erlebte ich das gleiche Geschehen noch einmal, nun aber glotzte mich aus den flackernden Schatten nicht nur das Gesicht Gills, sondern auch das meines Freundes Schrein an. Schrein schien mir etwas zurufen zu wollen, doch aus seinem Mund drang nichts als eine weißliche Masse, dichter als Atem, der in der Kälte dampft. Die Masse legte sich über sein Gesicht, schmiegte sich wie eine Maske an, modellierte seine Züge nach, und bald zeugte nur noch Schreins schreckliche Blässe von dieser Maske. Eine neue Maske kroch aus seinem weit geöffneten Mund und legte sich über die erste Maske. Jeder Schrei wurde bei seiner Geburt erstickt.

Ich hatte Angst um den Antiquar, und so suchte ich sein Geschäft an einem trüben, grauen Nachmittag auf. Es war völlig unüblich, sich außerhalb der festgesetzten Zeiten zu treffen, doch ich hielt es nicht mehr aus. Schreins Laden in dem alten Kino war verschlossen. Ich klopfte an die Tür und versuchte, durch das staubige und fleckige Glas zu schauen. Nichts rührte sich in den dunklen Tiefen des Kinos. Ich überlegte, ob ich die Polizei rufen sollte, da endlich nahm ich eine rasche Bewegung hinter der Scheibe wahr. Die Tür öffnete sich einen Spalt, und Schrein schaute aus angstgeweiteten Augen heraus. Er sah aus, als habe ich ihn gerade aus dem Schlaf geholt. Als er mich erkannt hatte, sagte er hastig: »Ich habe jetzt keine Zeit. Es ist Kundschaft im Laden. Ich muß wieder schließen.«

Ich bat ihn, mich hereinzulassen, da ich mit ihm reden müsse. Er aber ließ sich nicht darauf ein und sagte: »Wir sehen uns in wenigen Tagen. Es gibt wirklich vieles, über das wir alle miteinander reden müssen. Gedulde dich.«

Da sah ich, wie von hinten aus der Finsternis des Ladens eine Gestalt nach vorn kam. Kurz bevor Schrein die Tür schließen konnte, erkannte ich, wer es war. Ich hatte es erwartet. Es war Gill. Ich wollte den Antiquar warnen, doch es war zu spät. Die Tür war wieder verschlossen, und nichts regte sich mehr hinter der staubigen Scheibe.

Die Träume steigerten sich. Nun sah ich nicht mehr den Fremden, sondern nur noch den Antiquar Schrein. Jetzt war er es, der mir entgegenkam und mich zu sich holen wollte. Einmal streckte ich tatsächlich die Arme aus. Unsere Fingerspitzen berührten sich. Wir befanden uns in einer Umgebung, die ich nie zuvor gesehen hatte. Der Boden glitzerte feucht. Es war ein Gang, in dem wir uns gegenüberstanden. Oder eher ein Einschnitt in einer unübersehbar hohen und tiefen Wand. Neben uns lag ein Abgrund, ein Schacht, wie mit dem Lineal gezogen. Und auf der anderen Seite des Schachtes erhob sich eine gleiche Wand mit einem Einschnitt, und auch dort standen sich zwei winzig kleine Menschen gegenüber. Der Boden des Schachtes war nicht zu erkennen, er war tiefer als alles, was denkbar war, er war tiefer als alle möglichen Welten zusammen. Und wir standen am Rande dieses Schachtes, und unsere Finger berührten sich. Da löste sich Schreins Gestalt auf. Wieder floß die zäh weiße Substanz aus seinem Mund und umgab ihn. Jetzt sah ich, was es war. Es war eine schleimige und doch durchsichtige Masse, die nicht nur sein Gesicht, sondern seinen ganzen Körper umgab und wie einen Kokon einschloß. Ja, es war ein Kokon.

Er verpuppte sich.

Und dann konnte ich durch diese Substanz hindurch sehen, wie sein Körper aufbrach, wie etwas anderes aus ihm hervorwuchs, für das ich keine Worte habe. Und ich spürte seine Angst und seine Schmerzen, seine Qual und seine Verzweiflung. Jetzt verdichtete sich der Kokon. Keine Bewegung störte ihn mehr. Er war undurchsichtig geworden. Und bevor ich erwachte, nahm ich noch zwei Dinge wahr. Zum einen sah ich Gill, wie er plötzlich hinter der Larve hervorkam und lachte. Und dann brach die Larve auf. Bevor ich sehen konnte, was daraus hervorkroch, war ich erwacht.

Am nächsten Tag fand unser Treffen statt. Wir kamen vor Schreins Antiquariat in dem ausgebrannten Kino zusammen. Niemand öffnete uns. Nach einer Stunde, die wir schweigend auf der kalten und verwahrlosten Straße nebeneinander verbracht hatten, gingen wir wieder auseinander.

Seither hat niemand mehr den Antiquar Schrein gesehen. Und niemand ist mehr Gill begegnet, weder im Traum noch in der Wirklichkeit. Aber wo liegt da der Unterschied?

Viertes Bild

DAS HAUS DER STERBENDEN TRÄUME

Wir alle waren Gefangene in diesem Haus, und unablässig sannen wir auf einen Weg, uns die Freiheit zurückzuerobern. Zu diesem Zweck schliefen wir bei Tage, wenn in dem Haus die größte Unruhe und Wachsamkeit war, und nachts kamen wir zusammen, über alle Schranken hinweg, die nun nicht mehr existierten, und beratschlagten uns. Niemand indes hatte einen Einfall. Eigentlich schwelgten wir nur in Phantasien des Entkommens, wir stellten uns ein Leben außerhalb des Hauses vor, doch wenn ich oder ein anderer einen konkreten Vorschlag machte, wie dieses Leben zu verwirklichen sein könnte, schreckten die anderen zurück und verkrochen sich in die Höhlen ihres Selbst. Mir jedoch war die tatsächliche Flucht das Wichtigste. Und eines Nachts traf ich mich mit Gramm, der derselben Meinung war wie ich. Es war eine furchtbare Nacht. Ein Wind wie aus den Kavernen des Nichts taumelte um das Haus, biß in die Fenster, leckte an den Rolläden, knurrte um die Ecken und zerhackte unsere flüsternden Stimmen. »Diese Nacht ist die richtige«, sagte Gramm, während er sich die Hände rieb und mich aus seinen unerträglich hellen, weißlichgrauen Augen ansah. »Wir können noch nicht fliehen«, gab ich zu bedenken und wand mich auf dem klapprigen Stuhl, dessen Knarren wie ein Echo des Windes war. »Wir haben keinen Plan. Und vor der Tür sitzt dieses – dieses *Ding.*« Gramm erschauerte. Plötzlich schien ihn alle Zuversicht verlassen zu haben. Er sank in sich zusammen wie ein Leib, aus dem man die Knochen entfernt hat. Und der Wind kreischte vor den Fenstern.

Lange hockten wir da und schwiegen. Wir starrten auf die ehemals weißen Wände, die ein verwirrendes Muster von schwarzen Schlieren überzog – kleine Tiere, die ich an der Wand totgeschlagen hatte, Mücken, Spinnen, Fliegen, aber auch anderes. Vor dem undichten Fenster zuckten Fäden im Luftzug, Staubfäden, Spinnenfäden. All das hinter sich lassen! Dieser Wunsch wurde in mir wieder übermächtig. Die knarrenden Stühle, das knarrende Bett, die kalten, feuchten Laken – es war genug. Ich sagte es Gramm in duldloser Deutlichkeit.

Und wir gingen. Ich war erstaunt, wie leicht es war, denn die Tür meines Zimmers war überhaupt nicht verschlossen. Wir mußten vorsichtig sein, um den Wächter nicht zu wecken. Draußen auf dem Flur brannte eine trübe Notbeleuchtung und warf hinter den Wächter einen grotesken, unförmigen Schatten wie einen buckeligen Berg, bestanden mit einzelnen mageren Fichten etwa, oder wie ein altersschwaches Haus mit verrückt hohen Antennen. Der Wächter rührte sich nicht. Wir wagten nicht, frech an ihm vorüberzugehen, sondern schlugen auf unseren leisen Kreppsohlen die andere Richtung ein.

Die Türen aller Zimmer standen entweder offen oder waren ausgehängt, doch niemand schloß sich uns an. Manche glotzten uns verständnislos entgegen, manche schliefen; es waren auch jene darunter, mit denen wir Pläne geschmiedet hatten, aber so einfach es ihnen auch gewesen wäre, zu uns auf den trüben Gang herauszutreten, wagte es doch niemand. Uns war es einerlei.

Wir kamen an eine Biegung des Flures; er knickte nach links ab, eine andere Richtung gab es nicht. Vorsichtig spähten wir um die Ecke. Dort erstreckte sich ein gleicher Flur wie der, aus dem wir kamen; er schien in einem Geviert zu verlaufen, doch hier saß nirgendwo ein Wächter. Schnell schlüpften wir um die Ecke und fühlten uns vor den tausend Augen des Wächters in Sicherheit.

Auch hier waren alle Türen offen. Das bleiche Licht der immerbrennenden Notbeleuchtung – nie waren die tellerförmigen großen Lampen an der Decke in Betrieb – zeigten uns unsere Kollegen, wie sie arglos in ihren offenen Käfigen in der tiefen Nacht verloren waren. Plötzlich kamen wir an eine Treppe, die hinter einer ebenfalls offenstehenden Glastür nach unten führte und nur nach unten. Wir betraten sie vorsichtig. Es war warm hier. Der Wind draußen schien sich gelegt zu haben. Ich schaute Gramm an. Seine Augen spiegelten die Angst wider, die er augenblicklich empfinden mußte. Und meine eigenen Augen besaßen sicherlich denselben Ausdruck. Es hatte seinen Grund.

Die Wände bestanden aus nichts als aus Bildern. Aber es waren keine Ölgemälde, Radierungen oder Drucke. Auch waren sie nicht auf den Putz gemalt. Sie veränderten sich unablässig. Wo eben noch eine Waldlandschaft zu sehen gewesen war, mit hohen, sterbenden Buchen und verkrüppelten Eichen, zeigte sich nun das Bild eines Weihers in Halbmondform und jetzt eine Wiese, von mageren Fichten umgeben, dann wieder eine Kirche, ein Dorf in der Verkrampfung der Nacht, endlose Bücherregale, die wiederum Bilder erschufen, welche sich über die anderen Bilder legten, es waren schrecklichere Bilder, nicht mehr von toten oder natürlichen Dingen, sondern von beseelten und zugleich doch seelenlosen Lebensformen. O nein, es waren nicht nur Menschen, die uns da von den Wänden herab anbrüllten. Wir hielten uns die Ohren zu und versuchten, auch die Augen zu schließen und unseren Weg über die Treppe mit den Füßen zu ertasten. Aber wir taumelten. Dann stolperte ich und fiel Gramm in den Rücken. Zusammen, übereinander polterten wir auf den nächsten, nicht weit entfernten Absatz. Wir öffneten die Augen wieder.

Da waren keine Bilder mehr, nur noch kahle, schmutzigweiße Wände, die auch hier von Flecken und Geweben durchzogen waren, wie eine Fortsetzung meiner Zimmerwand. Schnell standen wir auf und lauschten in das Zwielicht der Notbeleuchtung. Alles war still. Wir schöpften wieder Hoffnung. Gebückt, als könne uns das unsichtbar machen, schlichen wir weiter treppab. Die Bilder blieben verborgen, doch nun wußten wir, daß sie dicht unter der Oberfläche der unscheinbaren Wand lauerten.

Wir verließen das Treppenhaus durch eine weit offenstehende Tür, hinter der ein sanfter Lichtschimmer lagerte. Auch hier gab es nichts als einen fensterlosen Gang und viele offene Türen. Ja, es war plötzlich das Haus der offenen Türen, und keiner der Bewohner schien dies zu bemerken, obwohl uns doch manche aus ihren Zimmern heraus ansahen. Ihre Blicke waren stumpf; sie schauten nach innen, nicht nach außen.

Zum Glück befand sich in diesem Gang kein Wächter, doch es gab auch keinen Ausgang. Uns wurde bewußt, daß wir außer unserer eigenen Etage nichts von dem verwirrend großen Gebäude kannten. So entschlossen wir uns, zur Treppe zurückzugehen und weiter hinunterzusteigen. Wir erreichten sie unbehelligt. Jetzt zeigte sie uns keine ihrer Bilder, doch manchmal schien sich die glatte Oberfläche der Wand zu wellen, als wolle sie etwas gebären. Aber sie gebar nichts.

Auch das nächsttiefere Stockwerk schien noch nicht das Erdgeschoß zu sein; zumindest sah es genauso aus wie das darüber. Nirgendwo indes gab es ein Fenster in dem Gang, durch das wir unsere Höhe hätten abschätzen können. Also schritten wir noch weiter hinab.

Es war widersinnig; das Haus konnte doch nicht derart hoch sein. Da kam Gramm eine schlimme Idee. Er gab zu bedenken, daß wir uns möglicherweise schon tief in der Erde befänden, also in den – ebenfalls bewohnten – Kellergeschossen herumirrten. Wir sollten versuchen, wieder nach oben zu steigen. Wer konnte denn sagen, ob unsere eigenen Zimmer nicht etwa im Erdgeschoß lagen?

Doch als wir im Treppenhaus standen, gab es keine nach oben führende Treppe mehr. Es gab kein Oben mehr. Die Treppe begann in dem Stockwerk, in welchem wir uns befanden, und führte von hier aus nach unten. Gramm schüttelte den Kopf. Das sei unmöglich, sagte er. Ich hatte schon längst die Orientierung verloren und warf ein, vielleicht seien wir statt nach unten nach oben gelaufen. Gramm sah mich mit einem grimmigen Blick an, erwiderte aber nichts. Wir stiegen hinunter. Weiter hinunter – oder erstmals hinunter?

Alle Etagen, auf die wir stießen, waren gleichförmig, ja sie schienen sogar dieselben Bewohner zu haben. Niemand trat uns in den Weg, niemand hielt uns fest, niemand kümmerte sich um uns. Und dann, irgendwann auf unserem unendlichen Weg nach unten, setzten die Bilder in der Wand des Treppenschachts erneut ein. Zuerst waren es wieder einmal nichts anderes als harmlose Landschaften, die jedoch seltsam bizarr wirkten. Gezackte Bäume schliefen unter einem Nachthimmel mit vielen Monden, spitze Berge zeigten wie Nadeln auf Sterne, die beinahe so groß wie die Monde waren, und über dichtes Gras schlängelten sich Formen, die keinen irdischen Tieren glichen. Dann, als wir weiter hinabstiegen, änderten sich die Formen, sie wurden zu Wesen, die uns zuerst heimlich, dann unverhohlen anglotzten.

Und sie versuchten, die Wand zu durchbrechen!

Ich hörte, wie der Putz absprang; die glatte Fläche wölbte sich vor wie eine Haut, die von innen heraus mit Leben gefüllt wird. Auch Gramm bemerkte es. Er packte meine Hand, als ob sie ihm helfen könnte, und stolperte abwärts. Hinter uns raschelte es. Es tropfte. Es war wie der Aufschlag unglaublich großer Tropfen. Zäher Tropfen. Wir wagten nicht hinter uns zu schauen. Wir rannten in irrer Hast die Stufen hinunter, und kein Gang, kein Stockwerk erschienen mehr, wohinein wir uns hätten retten können. Bald ging mir die Luft aus. Ich atmete flüssiges Feuer. Die Flucht war zu Ende. Ich blieb erschöpft stehen und schaute mich um. Auch Gramm hielt inne.

Hinter uns war nichts. Nichts als ein schwacher Geruch, der uns nun einholte. Er war süßlich und beißend zugleich wie verfaulendes Fleisch. Und in diesem Geruch schien es zu wimmeln. Ich kann es nicht anders ausdrücken. Es umwimmelte uns, und ich glaubte es sogar auf meiner Haut zu spüren. Es waren die Bilder und die Wesen aus den Wänden.

Ich weiß nicht mehr, wie wir es schafften, weiterzulaufen. Irgendwann kamen wir abermals an einen Gang. Der Geruch hatte sich inzwischen verflüchtigt.

Wir lugten um die Ecke. Dort saß ein Wächter, hinten, wo die Schatten begannen. Und der Wächter selbst war kaum mehr als ein unförmiger Schatten. Wir hielten den Atem an. Da hörten wir, wie der Wind um das Haus stöhnte. Wir hörten ihn jetzt so deutlich wie zuvor, als wir zu unserer unsinnigen Flucht aufgebrochen waren. Aber – deutete der Wind nicht an, daß es hier irgendwo einen Ausgang gab? Irgendwo auf dieser Etage, die das Erdgeschoß sein mußte? Gramm und ich hatten offenbar denselben Gedanken gehabt. Wir sahen uns an, nickten und liefen in die dem Wächter entgegengesetzte Richtung. Der Gang führte im Geviert, wie alle anderen Gänge auch. Nirgendwo war ein Ausgang, doch der Wind wurde lauter und lauter. Er drang aus den offenen Zimmern und jaulte im Gang umher. Hinter der nächsten Biegung mußte der Ausgang sein, da waren wir uns sicher. Mit unseren letzten Kräften erreichten wir den Knick in dem Schlauch der Hoffnung und huschten um die Ecke.

Alles war Hoffnung gewesen, alles hoffende Täuschung. Wir standen dort, von wo aus wir zu unserer kleinen Reise aufgebrochen waren. Vor meiner eigenen offenen Zimmertür. Und daneben saß der Wächter, der uns nun entdeckt hatte. Ich sah, wie sich seine unförmige Masse bewegte. Schatten liefen an seinem wuchernden Körper auf und ab wie winzige Raupen oder Würmer. Es waren keine Hände, die er nach uns ausstreckte, es war etwas schrecklich anderes. Ich huschte zwischen den Auswüchsen hindurch, durch meine offene Zimmertür und schlug sie hinter uns zu. Nein, nur hinter mir. Ich hatte das Gefühl gehabt, daß Gramm bereits vor mir das rettende Zimmer betreten hatte, doch ich war allein. Und dann hörte ich die Schreie. Gramms Schreie. Sie besaßen nichts Menschliches mehr. Sie vergurgelten, als tauche das Opfer in einen See aus Schleim.

Die ganze Nacht über habe ich nachgedacht: über unseren Ausflug, doch auch über die Dinge, die vorher geschehen sind. Wann war dieses Vorher? Es war die Zeit, bevor ich in dieses Haus kam. Das Nachdenken hat mir kaum etwas genützt, ich weiß nicht viel mehr, als ich schon vorher wußte. Morgen ist die Trauerfeier für Gramm. Man fand ihn heute morgen vor meiner verschlossenen Tür. Die Todesursache ist nicht bekannt; angeblich steht auf dem Totenschein: Herzversagen.

Ich gebe auf.

Fünftes Bild

DIE RÜCKKEHR

Nachdem er als geheilt entlassen worden war, machte er sich auf die Suche. Er hatte ein kleines Zimmer in einer kleinen Stadt gemietet, mit einer kleinen Aussicht auf einen kahlen kleinen Hinterhof. Er hatte gehofft, daß diese Umgebung seine Träume zügeln werde, doch er hatte vergeblich gehofft. Oft zweifelte er daran, ob seine Entlassung in die Welt richtig gewesen war.

Eines Nachts wußte er plötzlich, was er tun mußte. Er mußte jene Stadt aufsuchen, die er damals verlassen hatte, jene Stadt, in der seine Träume ausgetrocknet waren. Damals hatte er es als Qual empfunden, jetzt aber war die Vorstellung an ein Austrocknen seiner Träume eine Verheißung. Doch wo lag diese Stadt? Er hatte ihren Namen vergessen, er hatte ihre Lage vergessen.

Und es gab niemanden, den er hätte fragen können. Noch vor kurzem, in jenem Haus, in das man ihn gegen seinen Willen gebracht hatte, hatte er oft über die Stadt sprechen müssen, und es war ihm jedesmal klar gewesen, wo sie sich befand. Er sah sie vor seinem geistigen Auge, er sah die Erlebnisse, die er in jener Stadt gehabt hatte, er sah die erlöschende Dunkelheit und die Prozession der schweigenden Menschen und die verwilderte Wiese und die kranken Fichten in aller Klarheit vor sich, doch seitdem er das Haus verlassen hatte, war diese Klarheit von ihm abgefallen wie ein alter, sich auflösender Mantel. Er besaß noch das Wissen um eine solche Stadt, er besaß die Sehnsucht nach ihr, zum ersten Mal in seinem Leben, doch weiter besaß er nichts mehr – außer seinen verhaßten Träumen, die ihn in jeder Nacht die tausend Qualen der Hölle zu kosten gaben.

Wo sollte er mit seiner Suche beginnen? Er lief müßig durch die Straßen der kleinen Stadt und hörte genau zu, wenn sich Passanten unterhielten. Doch in ihrem Reden fand er keine Spur. Und schließlich ging er in die öffentliche Bibliothek und ließ sich geographische Bücher zeigen. Er arbeitete sie durch, las unsystematisch einen Band über den Norden des Landes, dann wieder einen über den Süden, einen über die Mitte, einen weiteren über den Norden. Manchmal glaubte er auf dunklen alten Fotos eine Ahnung der Straßen und Gebäude zu erblicken, die er damals, in seinem anderen Leben, gekannt hatte, doch die Namen der Städte, die zu jenen Fotos gehörten, waren ihm vollkommen fremd. Auch verloren sie ihre Ähnlichkeit, je länger er sie anstarrte.

Tag für Tag kam er in die Bibliothek. Inzwischen wußte er, wo die Bücher standen, die ihn interessierten; niemand mußte ihm mehr helfen. Immer saß er allein an einem kleinen Tisch in einer dunklen Ecke des weitläufigen, durch die seltsame Anordnung der Regale geradezu labyrinthischen Raumes, und immer mußte eine Lampe über diesem Tisch brennen, damit ein Lesen überhaupt möglich war. Bisweilen leckten die Schatten bis knapp an die Lampe heran; sie wanden sich wie Schlangen um den Lichtkegel, und wenn er nach ihnen schaute, vermeinte er Bilder in ihnen zu sehen: Bilder einer verlassenen, verwahrlosten Straße, Bilder von Häusern mit toten Augenhöhlen, Bilder einer fichtengesäumten Wiese, wo etwas Schreckliches geschehen war. Es waren Bilder aus seinen unvollkommenen Erinnerungen.

Er blieb so lange wie möglich in der Bibliothek, und wenn sie schloß und er sanft, aber bestimmt hinausgebeten wurde, schlenderte er durch die Gassen und Straßen, um nicht in die Traumhöhle seines Zimmer zurückkehren zu müssen. Und auf einer seiner ziellosen Wanderungen kam er an zwei Passanten vorbei, die nur aus Schatten zu bestehen schienen, obwohl sie unmittelbar unter einer hellen Laterne standen, die hoch oben an einer zerbröckelnden Ziegelmauer angebracht war. Die Schatten unterhielten sich laut und deutlich.

»Ich komme gerade von dort. Es ist so wie immer. Nichts hat sich verändert.«

»Sei froh, daß du es geschafft hast, wieder herauszukommen.«

»Ich weiß nicht, vielleicht wäre ich sogar lieber dortgeblieben.«

»Jeder wäre lieber dort, wenn er hier ist, aber umgekehrt verhält es sich genauso. Es ist gut, daß nur wenige den Weg kennen.«

Er drückte sich knapp außerhalb des Lichtkegels herum und tat so, als wolle er sich die Auslage eines Schaufensters ansehen. Doch in dieser Auslage gab es nichts als unbekleidete Schaufensterpuppen. Wenn sie doch nur weitergeredet hätten! Der Weg!

»Ja, der Weg«, sagte einer der beiden. »Er ist so weit, daß man kaum glaubt, es könnte sich lohnen. Doch es lohnt sich in …« Er nannte den Namen einer Stadt, die allgemein sowohl für ihre Sehenswürdigkeiten als auch für ihre Gefährlichkeit bekannt war. Nein, diese beiden waren nichts als gewöhnliche Touristen. Und dabei hatte es so verheißungsvoll begonnen.

Er trat von dem Schaufenster zurück und schaute in den Lichtkegel der hoch oben hängenden Lampe. Da stand niemand mehr. Die beiden Passanten waren verschwunden, nicht einmal das Klappern ihrer Schuhe auf dem Asphalt war mehr zu hören. Da wußte er, daß er doch einen Zipfel der Wahrheit erhascht hatte. Doch diese Stadt, von der die beiden gesprochen hatten, diese einfach zu definierende und einfach zu findende Stadt – sie war nicht die Stadt, die er suchte. Vielleicht aber eignete sie sich als Ausgangspunkt für seine Suche besser als die kleine Stadt, in der er nun lebte. Also machte er sich auf die Reise.

Die Stadt war abscheulich. Es war nicht ihre Schuld, daß der Himmel mit abendlich dunklem Grau verhangen war und daß es nieselte wie an einem Novembertag. Es war zu warm für den späten Winter; als könne die Stadt den Frühling nicht erwarten. Doch auch im Frühling wäre die Stadt trotz ihrer Sehenswürdigkeiten, die sich in Museen und an unzugänglichen Orten verbargen, dunkel, dreckig und schäbig, auch dann verschwänden ihre verrußten Fabriken, ihre verwahrlosten Straßen und ihre verlotterten Bewohner nicht.

Als er die ersten Schritte in dieser Stadt getan hatte, wußte er, daß er auf einer Spur war. Zwar war er noch niemals hier gewesen, doch etwas gab ihm die Ahnung ein, daß er ganz nahe am Ziel war. Vielleicht war es die neblige Dunkelheit – es war später Nachmittag, als er mit dem Zug angekommen war –, die ihm Bilder aus jener anderen Stadt vorgaukelte. Er lief auf den Straßen umher und suchte eine Bleibe. Schließlich fand er eine kleine Pension in der Nähe des Bahnhofs. Die Wirtin zeigte ihm ein Zimmer im Souterrain, das nur ein winziges vergittertes Fenster besaß. Er nahm es, es war ihm gleichgültig, er suchte schließlich nicht den Himmel, sondern die Hölle. Die Hölle des Vergessens, die ein eigener Himmel war. Schon in der ersten Nacht durchbohrten ihn seine Alpträume schrecklicher denn je. Es war, als spürten sie sein Vorhaben. Er erwachte am nächsten Morgen mit Blut im Mund. Die Wirtin beschwerte sich bei ihm, er habe in der Nacht geschrien. Wenn es noch einmal vorkomme, müsse er das Zimmer verlassen.

Er rannte durch die Straßen, die auch im dumpfen Licht des nebligen Tages nicht freundlicher aussahen. Die Leute liefen nebeneinanderher, niemand sprach mit dem anderen, sie alle waren in Kokons aus ihrer eigenen Einsamkeit eingesponnen.

Manchmal war es ein verbogenes, in sich selbst hineingekrümmtes Hinweisschild, manchmal der Anblick einer Häuserzeile, manchmal auch nur ein abgestandener Geruch, der die Erinnerung zurückbrachte. Doch dies war eindeutig nicht die Stadt, die er so verzweifelt suchte. Vor einer Buchhandlung sah er einen Mann in einem abgewetzten, zerschlissenen langen Mantel stehen. Er trug auf seinem grotesk langen und schmalen Kopf eine speckige Mütze. Als er diesen Mann sah, schlug ein Blitz der Erinnerung bei ihm ein. Er ging mit unsicheren Schritten auf den Mann zu. Da kreischte hinter ihm ein Auto. Er fuhr herum. Jemand hatte bremsen müssen; etwas Schwarzes war über die Straße gehuscht, vielleicht ein Tier. Er drehte sich wieder zu dem Schaufenster um.

Der Mann war verschwunden.

Er trat an die Auslage heran und sah ein Buch mit einem Umschlag aus Schwarz und Weiß: ›Die Orte der Imagination‹. Auf dem Umschlag war eine Wiese abgebildet, eine Wiese mit Bäumen zwischen hohen, unbewohnten Häusern. Und Hunderte von Exemplaren dieses Buches lagen in dem Fenster; kein anderes Werk war zu sehen. Sofort betrat er die Buchhandlung.

Eine Verkäuferin schaute ihn hinter einer spitzen, fledermausartigen Brille mißtrauisch an. »Ich will eines der Bücher in dem Schaufenster«, sagte er rasch mit vor Aufregung heiserer Stimme. »Irgendeines?« fragte sie tadelnd zurück. Ihr Ton war so spitz wie die Enden ihrer fledermausartigen Brille. »Irgendein Exemplar, ja. Eines über die Orte der Imagination.« Sie schaute ihn nur an, sagte aber nichts mehr. Verstand sie ihn denn nicht?

Er trat zur Schaufensterauslage und blickte hinein. Er sah eine große Auswahl bunter, auf dem Kopf liegender Umschläge, deren Beschriftungen wie Gesichter wirkten: Worte als Augen, Worte als Münder und Nasen. Und alle grinsten ihn an. Er hatte sich furchtbar geirrt und lief nach draußen, ohne etwas weiteres zu sagen.

Die Stadt war hier, ganz dicht bei ihm. Er wußte es. Und in der Nacht wüteten wieder die Alpträume. Am frühen Morgen wurde er von seiner Vermieterin auf die Straße gesetzt. Nun war er obdachlos. Er setzte seine Suche fort und hoffte, wenigstens den grotesken Mann irgendwo zu entdecken, doch dieser blieb genauso verborgen wie die Stadt seiner Wünsche.

Über Nacht war es kalt geworden. Der Nebel war dem Frost gewichen, und die letzten Sterne der Morgendämmerung glitzerten im blauenden Himmel. Autos rasten wie verrückte Tiere umher und stachen mit ihren Lichtstacheln in die Dämmerung. Menschen, die aus grauen Träumen erwacht waren, suchten ihren Weg. Sie alle schienen die Stadt in sich zu tragen – nicht diese Stadt, in der sie sich bewegten, sondern jene, die alle Träumer zunächst flohen, bis sie dann reumütig und zu Tode erschöpft zu ihr zurückkehren wollten. Die Menschen der grauen, tristen, lauten, feindlichen Stadt wußten nicht einmal, wie glücklich sie waren. Sie alle waren auch Kinder jener anderen Stadt, nur er, der verlorene Sohn, durfte nicht heimkehren. Er stand an einer Straßenkreuzung neben einem überquellenden Müllbehälter und weinte. Gab es denn niemals eine Hoffnung für ihn?

»Es gibt keinen Ort, wo du hingehen kannst, keinen Ort, an dem du sicher bist, vor allem liegt dieser Ort nicht in deiner Phantasie«, hörte er plötzlich eine Stimme neben sich. Sie war so leise, als dränge sie durch einen dichten Vorhang. Als er sich umdrehte, um zu sehen, wer da gesprochen hatte, erblickte er einen dahinhastenden hageren Mann mit einem unglaublich langen Schädel. Die Gestalt verschwand in einem Hauseingang. Neuer Mut durchpulste ihn, und er lief zu diesem Hauseingang.

Die Tür war wie zu einer Einladung geöffnet. Dahinter brannte eine Flurbeleuchtung und zeigte eine breite, kurze Treppe, die von Zeitungsresten, Flaschen, Dosen und anderen Abfällen übersät war, die zu einer amorphen Masse zusammengebacken waren. Schnell huschte er in den Hauseingang, setzte über den Abfall hinweg und stand vor einer offenen Wohnungstür. Bevor er einen Schritt über die Schwelle tun konnte, hörte er wieder die leise, undeutliche Stimme. Er strengte sich sehr an, um zu verstehen, was sie sagte: »Der Weg liegt offen vor dir. Er lag immer offen vor dir. Sieh dich vor und prüfe dich, denn du kannst nicht wieder zurückkehren. Du wirfst etwas fort, wonach sich alle anderen sehnen.«

›Nein‹, wollte er schreien, ›ich will wie alle anderen

sein!‹ Aber er brachte nur ein Krächzen über die ausgetrockneten Lippen. Und er überschritt die Schwelle.

Es war nichts als eine gewöhnliche Wohnung. Draußen hörte er Schritte, die sich langsam entfernten. Er lief zum Eingang zurück und sah gerade noch, wie eine schmale Gestalt aus der Haustür trat und auf der grauen Straße verschwand. Es war nicht der Mann mit dem grotesken Schädel gewesen. Nein, die Gestalt hatte so – entsetzlich vertraut ausgesehen; aber schließlich hatte er das Gesicht nicht erkennen können. Jede Bewegung war ihm bekannt vorgekommen. Er kehrte zurück in die Wohnung und suchte nach etwas, wovon er nicht wußte, was es sein mochte.

Alle Zimmer waren leer. Waren sie vorhin auch schon leer gewesen? Er konnte sich nicht mehr erinnern. Als er seinem Gefühl zufolge lange Stunden ergebnislos in der leeren Wohnung verbracht hatte, ging er wieder nach draußen. Es war dieselbe graue Straße wie vorhin, die trotz des Sonnenscheins rußig und schmierig wirkte. Er lief sie entlang, bis er plötzlich in einiger Entfernung vor sich ein Loch in der gleichförmigen Bebauung bemerkte. Aus diesem Loch kroch Grün hervor. Gleichzeitig bemerkte er, daß niemand mehr auf der Straße war, kein Passant, kein Auto. Und die Häuser waren nichts anderes als Ruinen, verkohle Reste, Schalen. Die Fensterscheiben waren eingeschlagen und ragten wie staubige Zähne aus den verfaulenden Rahmen. Er ging schneller.

Dort zwischen den Häusern, wie ein Geschwür, ragten kranke Bäume aus einer struppigen Wiese hervor. Es war der Ort, den er kannte und gesucht hatte. Sein Herz raste vor Freude. Da kam er an dem letzten Haus vorbei, und im Splitter einer Fensterscheibe sah er sein eigenes Bild.

Da wußte er, daß jede Freude ihm auf ewig verschlossen bliebe. Er hatte alles verloren, was er noch besessen haben mochte, so wie es die Stimme angedeutet hatte. Denn was er in dem Scheibensplitter für einen Augenblick sah, war nichts anders als der Kragen eines verschlissenen Mantels und ein grotesk hoher und schmaler Schädel mit einer speckigen Kappe darauf.